Dr. jur. Hansjörg Straßer

Staatschutzsache:
Verschwörung
Alpenbund

**EDITION
ALLGÄU**

IMPRESSUM:

EDITION ALLGÄU
im Verlag HEPHAISTOS
Lachener Weg 2
D-87509 Immenstadt-Werdenstein
www.heimat-allgaeu.info

Herausgeber: Peter Elgaß
Satz: Ramona Klein
Titelbild: Fotolia

ISBN: 978-3-931951-68-9

INHALTSVERZEICHNIS:

VORWORT:

Dieses Buch soll als Versuch verstanden werden, dem Leser politische Geschichte plastisch und greifbar nahe zu bringen – eine Geschichte, die sich 2011/2012/2013 zum zweihundertsten Male jährt. Dem Charakter nach dürfte es sich mehr um ein Sachbuch handeln, wenn auch ungewöhnlicherweise um ein solches, das als Klammer den Zeitbogen zwischen Zukunft und Vergangenheit spannt.

Das fiktive, nicht visionäre Bild aus der Zukunft soll die Gegenwart zwingen, sich mit der Vergangenheit zu befassen – auch um für die Gegenwart und für die Zukunft zu lernen.

In diesem Zeitbogen gibt es sozusagen drei Akteure. Der Akteur der Gegenwart ist der Leser, der Akteur in der fiktiven Zukunft 2040 ist ein Richter Y., der sich für die Bearbeitung eines Prozessstoffes seiner Zeit der rechtsstaatlichen Mitteln der Gegenwart bzw. der Zeit des Lesers, aber auch der Geschichte des Alpenbundes und seiner geistigen Urheber – Akteure der Vergangenheit – bedient.

Damit soll auch symbolisiert werden, dass Geschichte wiederholbar ist, sobald die Prämissen vergleichbar sind.

Zu betonen ist, dass angesprochene etwaige Straftaten in der fiktiven Zukunft alles andere als zur Nachahmung in der Gegenwart empfohlen werden. Das Buch soll als Geschichtsbuch verstanden werden, nicht als Anregung oder Mittel zur Agitation. Es ist ein Bekenntnis zum demokratischen Staat und zu seinen Hütern, soweit sie sich der demokratischen Grundordnung verpflichtet fühlen.

Ich widme dieses Buch all jenen meinen Geschichtslehrern – aber auch nur diesen –, die es verstanden haben, mir Geschichte als jeweiligen Teil eines großen Zusammenhangs darzustellen, moderat, ohne Jahreszahlen um jeden Preis zum Schwerpunkt zu machen und fesselnd, weil sie spüren ließen, dass Geschichte viele Auslegungsmöglichkeiten hat, je nachdem wie man die Schlaglichter setzt, egal ob man dies noch wissenschaftlich nennen mag oder nicht. Vorsorglich bitte ich den studierten Historikern um Verständnis – im Interesse der sich hoffentlich steigernden Neugierde des »ganz normalen Lesers«. Ich wähle jedenfalls bewusst die allenfalls »halb wissenschaftliche« Form der Darstellung, auch was die juristischen Ausführungen anlangt.

Nicht verhehlt werden soll, dass es auch – wie schon in den Vorworten meiner Bücher »Anna Schwegelin« und »Der Alpenrebell« vermerkt – meine besondere Verbundenheit zur alpenländischen Kultur- und Wesensart ist, die mich zu solchen Autorenversuchen treibt.

Nicht ohne Grund schmücke ich die nachfolgende Darstellung stellenweise mit dem inzwischen sogenannten »Erzherzog Johann-Jodler«, 1830 von Anton Schosser verfasst. Auch andere Strophen dieser Art zu Ehren von Erzherzog Johann werden angeführt. Sie sind mit Verfahrensstoff anstehender Staatsschutzsache aus dem Jahre 2040.

Mit Rücksicht auf die Lesbarkeit habe ich auf Fußnoten verzichtet. Auf das Literaturverzeichnis im Anhang wird verwiesen. Als Hauptquelle diente die Dissertation von Heinz Klier »Der Alpenbund«, eingereicht im Jahre 1950. Herzlichen Dank an die Universität Innsbruck, die diese Arbeit zur Verfügung gestellt hat. Zudem handelt es sich bei Richter Y. um eine Kunstfigur des Jahres 2040. Er erzählt seine Geschichte, seine Zeit, seine Recherchen, seine Wertungen und sein Urteil.

Herzlichen Dank auch an Herrn Karl Stiefenhofer, 1. Vorsitzender des Heimatbundes Allgäu e. V.

I. DER RICHTER UND SEINE BESINNLICHKEITEN IM JAHRE 2040.

Richter Y. weiß, er ist nur die Figur, das Produkt einer fiktiven Zukunftsbetrachtung.

Er war heute früher heimgefahren. Er, der Vorsitzende eines Senats für Staatsschutzsachen, hatte sein Büro im Gebäude des Oberlandesgerichts in München vorzeitig verlassen. Er steht kurz vor seiner Pensionierung. Er wird heuer 70 Jahre alt, dies im fiktiven Jahr 2040. Er mag diesen baufälligen, unfreundlichen Betonklotz in der Schleißheimerstraße nicht mehr. Er hatte seine Unterlagen mitgenommen und war mit dem Zug heim nach Immenstadt ins Allgäu gefahren. Da sitzt er nun auf der Terrasse seines Hauses auf dem Kalvarienberg. Hier fühlt er sich besonders wohl.

Den Kalvarienberg hatte er schon als kleiner Bub mit seinen Eltern bestiegen, den Kreuzweg begangen und in der Kapelle die überlebensgroße Kreuzigungsgruppe betrachtet. Es war sein Hausberg geworden. Lange hatte er in München gelebt. Jetzt war er zurückgekehrt, hat sich ein kleines Häuschen für seinen letzten Lebensabschnitt gekauft, ist zurück in seiner Geburtsstadt, in der er seine ersten 10 Jahre verbracht hatte.

Er nippt vorsichtig an seinem Rotweinglas. Die Unterlagen hatte er ausgepackt, sie liegen vor ihm. Es wird sein letzter Fall, sein letztes Urteil werden. Der Fall berührt ihn. Die elektronische Akte im PC ist noch zu. Er wird seinen letzten Sitzungstag und die Urteilsbegründung vorbereiten.

Jetzt aber blickt er nach links, zum Grünten, der Berg, der »Wächter des Allgäus« genannt wird und hinüber zum Immenstädter Horn. Es ist Herbst. Wiedereinmal bewundert er die grandiose Buntheit der bis zum Gipfel reichenden Waldwand. Sie liegt schon im Schatten. Der Himmel hat das tiefe Blau des goldenen Oktobers. Die Sonne berührt die Bergsilhouette und lässt darüber kleine Flammenzungen tanzen. Sie wird bald verschwunden sein. Er weiß, dass sie am weniger hohen Gschwendner Horn wieder auftauchen und dem Großen Alpsee ein faszinierendes Abendlicht schenken wird. Das Glitzern der Sonne, der Widerschein des blauen Himmels und der umliegenden Höhen werden auf der Wasseroberfläche Bilder entstehen lassen wie jene der französischen Impressionisten, ob nun Auguste Renoir oder Paul Cezanne, Bilder, wie sie seine Frau gerne gemalt hatte.

Das Horn kommt mal runter, hatte seine Großmutter immer gesagt. Das war schon lange her. Inzwischen waren Muren abgegangen. Die Narben sieht man noch. Eine Warnung? Der Berg lebt, die Alpen leben!

Er hatte die Oma geliebt und betet immer noch, dass auch sie die ewige Ruhe finden möge. Er war stolz auf sie, auf die zierliche Frau mit dem feinen Gesicht und den langen, silbrigen und geraden Haaren, die sie geknotet hatte und die weit über den Rücken fielen, wenn sie sie mit einer auf dem Kohleofen erhitzten Eisenschere zu Wellen formte – er riecht immer noch den Duft der angesengten Haare. Sie hatte erzählt, dass ihre Vorfahren mütterlicherseits über Jahrhunderte im Allgäu gelebt hatten, unter ihnen Freibauern, auch eine »Landprinzessin« aus dem Allgäuer Adelsgeschlecht der von Hundbiß, einer Familie aus Waltrams. Das Familiengut liegt am Nordabhang des Hauchenbergs und gehört zur Gemeinde Weitnau. Alle hatten bei diesen Erzählungen gelächelt, auch seine liebe Mutter sagte, er habe blaues Blut in den Adern. Er verstand es nicht, »blaues Blut« war ihm eher peinlich und unheimlich.

Sein Vater war in Oberbayern geboren, auch ganz nahe der österreichischen Grenze. In Brixen im Thale gibt es seinen Namen haufenweise. Von seinen Opas war der eine im Schwabenland geboren, dort wo vor langer Zeit Vorderösterreich war, der andere im Bayerischen Wald. Dieser erzählte, dass seine Vorfahren aus dem Böhmerwald stammen und er hatte manchmal gesungen: »Im Böhmerwald, dort wo meine Wiege stand.«

Auch Böhmen war Teil des Habsburgischen Österreichs.

Richter Y. genießt seine Erinnerungen an seine Kindheit. Er liebt sein Immenstadt. Es ist eigentlich kein unbedingt schönes Städtchen, eines, das viel im Schatten liegt; auch er wohnte damals unten im Schatten. Morgens zieht der Nebel aus Richtung Bodensee in das Konstanzer- oder Aachtal und bleibt über dem Städtchen stehen und liegen – andere genießen schon den Sonnenschein. Aber er liebt seine Heimat.

Der Richter hat über Wikipedia in Erfahrung gebracht:

Die Siedlung Imendorf – so die älteste überlieferte Schreibweise – wurde erstmals 1275 erwähnt.

Um 1332 erwarben die Grafen von Montfort aus Vorarlberg die Burg Rothenfels. 1567 veräußerten die Montforter die Stadt an die Freiherren von Königsegg. Hauptstadt der Grafschaft und Regierungssitz war Immenstadt. 1785 wurde die Grafschaft um die Herrschaft Werdenstein erweitert. Am 15.6.1804 kam das Territorium durch Tausch an Kaiser Franz I. von Österreich und blieb österreichisch bis Ende 1805. Mit den Verträgen von Brünn vom 10. bis 16.12.1805 wurde Immenstadt mit Umland bzw. die ehemalige Grafschaft schließlich bayerisch. Die militärische Besetzung der Stadt durch bayerische Truppen erfolgte am 28.12.1805, die sogenannte Zivilbesitznahme am 10.3.1806.

Im April und Mai 1809 sprang der Funke des Vorarlberger und Tiroler Volksaufstandes unter Dr. Anton Schneider und Andreas Hofer gegen die bayerisch-napoleonische Herrschaft auf das Oberallgäu über. In Immenstadt versammelten sich am 16. Mai mehrere Tausend bewaffnete Bauern, um einen Anschuss an Österreich zu erzwingen. Bei einem Gefecht nahe der Ortschaft Stein schlugen die Aufständischen ihre aus Richtung Kempten anrückenden Gegner zurück. »… *Motiv des Aufstandes war wohl die Enttäuschung über die bayerischen Verwaltungsmaßnahmen, durch die sich ein großes Unmutspotential aufgebaut hatte.*«

Der Richter schmunzelt. Sein Fall hat mit dieser Zeit zu tun.

Er mag Immenstadt, seine Geschichte, die Gotteshäuser und die historischen Gebäude, die diese Geschichte beschreiben.

Er denkt an den Marienplatz, über den er als Bub im Fasching maskiert getollt war und die Altweibermühle bestaunt hatte. Das anliegende Stadtschloss wurde 1550 von Graf Hugo XIV. von Montfort-Rothenfels erbaut, zwischen 1595 und 1620 durch Georg Freiherr von Königsegg zum eigentlichen Schloß erweitert. Am Marienplatz liegt auch die Stadtpfarrkirche St. Nikolaus. Dort feierte der Richter Taufe, Kommunion und Firmung. Er war dort in die Maiandacht und mit seiner Oma manchmal in den »Rosenkranz« gegangen, wo er dem Gemurmel und dem Singsang der alten Frauen und Männer andächtig lauschte. Die Kirche hatte vermutlich schon in romanischer Zeit existiert. Die gotische Kirche fiel einem Brand zum Opfer. 1707 erstand der Bau so, wie er noch im Grundriss zu erkennen ist. Damals wurde auch der für die Immenstädter Kirche charakteristische Zwiebelturm errichtet. 1907/1908 wurde die Kirche in neubarockem Stil neu gestaltet. In der Nähe auch die Kapuzinerkirche St. Josef. Die Grundsteinlegung war 1653, nachdem es Hugo Graf von Königsegg-Rothenfels gelungen war, die Kapuziner 1650 nach Immenstadt zu holen. Die Epitaphien von Hugo Graf von Königsegg-Rothenfels und Leopold Wilhelm Graf von Königsegg-Rothenfels sind im Inneren noch erhalten

Jetzt aber Schluss mit Besinnlichkeiten und Emotionen. Der Richter hat das Gefühl, sich diesen schon zu sehr hingegeben zu haben. Es geht an die Arbeit. Man hat in diesem System gelernt, rechtzeitig das Visier herunterzulassen. Ein Gerichtspräsident hatte einmal zu ihm gesagt, ihm fehle es an der Transparenz. Der Richter verstand nicht, was er meinte, vielleicht meinte er auch nur, dass ihm, dem Präsidenten, die zur Ergründung seiner Person notwendige Menschenkenntnis fehle.

Der Richter weiß, dass er Gefahr läuft, seine Unbefangenheit zu verlieren. Das Urteil, das es zu fällen gilt, darf nicht beeinflusst werden von seiner Herkunft, von seiner Liebe zur Alpenländischen Kultur- und Lebensart und zur Landschaft selbst. Er wird sich dessen bewusst sein. Er hat neutral zu bleiben, jedenfalls soweit es Menschlichkeit und Moral zulassen.

II. DER RICHTER, DIE GESELLSCHAFT UND SEINE JUSTIZ IM JAHRE 2040.

Richter Y. weiß, Gesellschaft und Justiz hatten sich in den letzten Jahren gravierend verändert.

Das 3. Reich hatte sein verdientes Ende genommen. Das Inkrafttreten des Deutschen Grundgesetzes am 23.5.1949 und der Bayerischen Verfassung vom 8.12.1946 war ein vielversprechender Start in die neue Demokratie. Man glaubte, aus den Fehlern gelernt zu haben.

Die Präambel des Grundgesetzes lautet immer noch:

»Im Bewusstsein seiner Verantwortung vor Gott und den Menschen, von dem Willen beseelt, als gleichberechtigtes Glied in einem vereinten Europa dem Frieden der Welt zu dienen, hat sich das Deutsche Volk kraft seiner verfassungsgebenden Gewalt dieses Grundgesetz gegeben.
Die Deutschen in den Ländern Baden-Württemberg, Bayern, Berlin, Brandenburg, Bremen, Hamburg, Hessen, Mecklenburg-Vorpommern, Niedersachsen, Nordrhein-Westfalen, Rheinland-Pfalz, Saarland, Sachsen, Sachsen-Anhalt, Schleswig-Holstein und Thüringen haben in freier Selbstbestimmung die Einheit und Freiheit Deutschlands vollendet. Damit gilt dieses Grundgesetz für das gesamte Deutsche Volk.«

Die Werte wurden hochgehalten. »Demokratie und Freiheit« – der Deutsche versuchte, diese Begriffe in der Praxis zu perfektionieren.

Aber es gab Störungen.

Man trug an der Last der Nazivergangenheit. Man erlebte die wildbewegten »60-er Jahre«, in denen die Jungen plötzlich alt genug waren, die Autorität ihrer Väter in Frage zu stellen und erschreckt festzustellen, dass sie teilweise auf der im 3. Reich erlernten Lebensart basierte. Sie spürten die

13

Tragik derer verlorenen Kindheit und Jugend und versuchten, sich der psychischen Folgen zu entziehen. Die Flucht in die Konsum- und Fun-Gesellschaft war jedoch keine Lösung. Dann und wann versuchte man aufzubegehren, an Werte zu erinnern. Immerhin wurde der Wert der Natur wiedererkannt, wenn auch erzwungenermaßen. Der Klimawandel war zum Problem geworden.

Und dann zur Fiktion des Jahres 2040:

Das gemeinsame Europa, ohnehin nur in Teilbereichen geschaffen, geriet ins Wanken. Die Wirtschaftskrise, die uferlose Verschuldung der einzelnen europäischen Staaten zeigten die Schwächen der Idee vom gemeinsamen Europa auf. Die europäische Währung war ruiniert. Die Folge: Der Osten, China, reiche arabische Staaten pumpten immer mehr Geld in die europäischen Länder. Dies nicht, um zu helfen, sondern um die europäische Wirtschaft – soweit sie noch vorhanden war – aufzukaufen. Die USA, der gewohnte Schutzschirm, war selbst wirtschaftlich geschwächt, ja lag darnieder. Ihr Interesse galt allenfalls dem erstarkten Osten, nicht mehr dem geschwächten Europa.

Richter Y. ist sich sicher:

Die weitere Entwicklung ist abzusehen. Die genannten Oststaaten – inzwischen, global gesehen, die neuen Wirtschafts- und Zivilisationsmetropolen – werden das einstige Europa voll aussaugen, dann fallen lassen. Das wirtschaftliche Interesse kann nur noch ein kurzfristiges sein. Bedeutende Bodenschätze sind nicht vorhanden, es fehlt an Erdöl und Erdgas. Die Entwicklung alternativer Energie war durch den wirtschaftlichen Niedergang in der ersten Entwicklungsphase stecken geblieben.

Der Europäer ist arm geworden, arm an Gütern und Selbstbewusstsein. Folge ist, dass sich die einzelnen Staaten wieder mit Argwohn beäugen. Die Gemeinsamkeit – ohnehin nur gestützt oder kaschiert durch wirtschaftliche Interessen, die nur kurzfristig umgesetzt werden konnten – geht verloren. Die Staatsregierungen ziehen sich in ihrer Schwäche wieder auf ihr eigenes enges Territorium zurück. Enttäuschungen und Kritik des Bürgers begegnen sie mit fast ängstlichem Misstrauen. Sie können ihren »Untertanen« nicht mehr »Brot und Spiele« versprechen, sie hinhalten und ablenken von den Problemen der aktuellen Politik.

Die Staatsgewalt hat zwei Probleme:

Zum einen das nunmehr wieder festzustellende Ungleichgewicht in Europa, zum anderen die Armut und der Unmut des eigenen Staatsvolkes.

In der Außenpolitik machen sich die einzelnen Staaten wieder daran, ihre jeweilige potentielle Macht – gezwungenermaßen mit Hilfe der neuen Hochzivilisationen des Ostens – zum Nachteil des Nachbarn zu sichern. Auch gibt es Auflösungserscheinungen in den einzelnen Staaten. Der Freistaat Bayern sympathisiert mit dem Osten, wie damals um 1800 mit Napoleon. Der Ministerpräsident ist politisch ohne Bedeutung, nur zur Wahl vorgeschoben. Das politische Zepter halten wieder die Minister. In der Innenpolitik suchen sie ihr Heil in Pressionen und im Abbau der demokratischen Grundwerte. Die Präambel und das Grundgesetz sowie die einst von demokratischen Einrichtungen geschaffenen Gesetze sind noch geschrieben, drohen jedoch Worthülsen und reine Makulatur zu werden.

Der Richter fragt sich: Erinnert diese Situation nicht frappierend an jene zu Beginn des 19. Jahrhunderts? Er wird die Antwort noch geben.

Nicht nur die Gesellschaft und die politische Machtstruktur haben sich geändert, sondern damit auch die Justiz.

Der Richter erinnert sich und weiß es aus Quellen, aus Erzählungen, Schrifttum und Rechtsprechung.

Was man nach 1945 an justizförmigen Verfahren aufgebaut hatte, war einfach bewundernswert. Man war enthusiastisch und voller Idealismus. Der Richter selbst hatte Gustav Radbruch »Einführung in die Rechtswissenschaft« gelesen; es war die 11. Auflage 1964,« nach dem Tode des Verfassers besorgt von Konrad Zweigert, ordentlicher Professor an der Universität Hamburg.« Gustav Radbruch hatte die Gabe, Fragen des Rechts stets in ihrem Zusammenhang mit den allgemeinen Grundproblemen der Wirklichkeit, mit Staatsauffassungen, Weltanschauungen und Lebensgefühlen zu sehen. Lange war dieses Buch für den Richter sein fast idealisierender Leitfaden.

Aber auch in der Justiz gab es Störungen.

Nach 1945 waren noch Richter und Staatsanwälte aus dem 3.Reich beschäftigt. Dies hatte nicht nur Außenwirkung. Wie dem Richter erzählt wurde, musste man es sich als junger Staatsanwalt 1978 noch gefallen lassen, von einem Leitenden Oberstaatsanwalt angeraunzt zu werden: »*Was wollen Sie mit ihrem Vater, der würde heute wegen Kriegsverbrechen angeklagt werden.*« Der Leitende Oberstaatsanwalt war selbst bei der SA gewesen.

Richter Y. weiß, dass eine Grundsäule der demokratischen Ordnung die Gewaltenteilung bzw. die Gewaltenkontrolle ist. Er weiß aber auch, dass es an dieser Gewaltenkontrolle zwischen Legislative, Exekutive und Judikative zunehmend gefehlt hatte, ja im Zeitpunkt der Fiktion 2040 diese weitgehend beseitigt ist. Es gibt dafür viele Beispiele, einige sollen herausgegriffen werden. Sie zeigen den Trend zum Zentralismus und die Gefahr des Missbrauchs, wenn die politische Situation sie erlaubt.

Er greift in seinen Bücherschrank und blättert in der Dissertation »Probleme im Grenzbereich Staatsanwaltschaft und Polizei« von Hansjörg Straßer aus dem Jahre 1979. Schon damals wurde moniert, dass Bemühungen der Polizei bzw. des Innenministeriums vorliegen, die Kontrollfunktion der Staatsanwaltschaft als Teil der Judikative zugunsten der Polizei als Teil der Exekutive einzuschränken. Er wandte sich gegen Bestrebungen, die Aufgabe der Strafverfolgung in der Weise neu zu verteilen, dass die Polizei über die Befugnisse des 1. Zugriffs hinaus eine umfassende originäre Ermittlungszuständigkeit erhält, während die Tätigkeit der Staatsanwaltschaft im wesentlichen auf die Erhebung der öffentlichen Anklage beschränkt werden sollte. Er kritisierte auch Meinungen, die von der Aufteilung Prävention für die Polizei und Repression für die Staatsanwaltschaft nichts mehr wissen wollten – es gebe nur noch einen einheitlichen Begriff der »Verbrechensbekämpfung« bzw. des »operativen Eingriffs«. Damit seien staatsanwaltschaftliche und vom Richter kontrollierte Befugnisse aus der StPO (Strafprozessordnung) herauszunehmen und in das Polizeirecht zu übertragen. Mit anderen Worten: Die Kontrollfunktion der Judikative sollte zugunsten einer umfassenden Zuständigkeit des Innenressorts – politisch beeinflussbar – beseitigt werden.

Straßer zeigt verfassungsrechtliche und historisch bedingte Bedenken auf. So verweist er auf das preußische Landrecht von 1877: Die fehlende justizgemäße Einflussnahme auf die Ermittlungsbehörden führte zu einem faktischen und rechtlichen Übergewicht des Innenressorts. Dies ging so weit, dass die Polizei bei jedem Vorfall unter Ausschluss der Gerichte nach ihrem Ermessen ermitteln konnte. Die Folge war, dass sich der Bürger polizeilichen Übergriffen und ungerechtfertigter Festnahmen ausgesetzt sah. Die Polizei konnte nicht mehr als Ordnungshüter betrachtet werden, sondern wurde mit der damaligen Regierung identifiziert und als »Partei angesehen«.

Die Generalstaatsanwaltschaft in München kommentierte diese Warnungen als »*Nachruf auf das justizielle Ermittlungsverfahren*«. Der Trend war nicht mehr aufzuhalten. Über Jahrzehnte hinweg war man noch versucht, die Balance der Gewaltenkontrolle zu halten. Aber das größere politische Gewicht des Innenressorts im Verhältnis zum Justizressort setzte sich durch. Entsprechend ihres politischen Gewichts hatte das Innenressort die größeren Geldmittel zur Verfügung. Die Polizei konnte weiter aufgerüstet werden, die Justiz bzw. die Staatsanwaltschaft blieb mehr oder weniger der verstaubte Elfenbeinturm.

Die Staatsanwaltschaft war teilweise selbst schuld daran. Es entstand der Trend, polizeiliche Ermittlungsübergriffe oder Fehlgriffe abzusegnen oder zu vertuschen.

Das Innenressort arbeitete ungebremst an seiner Machterweiterung.

Der Bund Deutscher Kriminalbeamter forderte, die Bundeswehr mit zur Terrorbekämpfung einzusetzen, speziell die Feldjäger. Man sprach von einer Grundgesetzänderung. Die Bundeswehr sollte allgemein in den Fällen eingesetzt werden, in denen nur die Bundeswehr, nicht aber die Polizeikräfte die erforderlichen technischen Möglichkeiten haben. Als Beispiel – aber nur als Beispiel – wurde der Fall genannt, dass ein entführtes Passagierflugzeug auf ein Fußballstadion oder auf ein Stadtzentrum zusteuert. Da die Abgrenzung Gefahrenabwehr und Strafverfolgung nur noch fließend gesehen wurde, bedeutete dies eine weitere Ausgrenzung der justiziellen Gewaltenkontrolle bzw. eine weitere Ausdehnung der Befugnisse des Innenressorts bis in die Bereiche der Bundeswehr.

Manche Stimmen hatten auch davor gewarnt, das sogenannte Trennungsgebot zwischen den Nachrichtendiensten und der Polizei aufzuweichen. Dieses Gebot war vom Bundesverfassungsgericht definiert worden. Es besagt, dass *»für Nachrichtendienste und Polizei jeweils eigene organisatorisch voneinander getrennte Behörden geschaffen werden sollen (organisatorische Komponente), beide Einrichtungen eine unterschiedliche Aufgabenstellung haben (funktionelle Komponente) und darüber hinaus mit unterschiedlichen Befugnissen agieren (kompetenzielle Komponente).«* Verhindert werden sollte damit einerseits eine Machterweiterung der Polizei, andererseits eine Machterweiterung der Nachrichtendienste.

Nach Ansicht von Kritikern würden die sogenannten BKA-Gesetze vom

Februar 2009 mit ihren Kompetenzregelungen des Bundeskriminalamts diesen Grundsatz aufweichen. Polizeiliche Maßnahmen zur Extremismusabwehr im Vorfeld exekutiver Maßnahmen würden immer stärker den präventiven Beobachtungsauftrag der Verfassungsschutzbehörde tangieren. Dabei könne sich das Legalitätsprinzip der Polizeibehörden in Richtung des Opportunitätsprinzips der Verfassungsschutzbehörden verschieben. Gefährdet sah man »*das rechtsstaatliche Prinzip, dass deutsche Nachrichtendienste weder exekutive Maßnahmen nach dem Polizeirecht gegenüber dem Bürger vornehmen noch andere Behörden im Rahmen der Amtshilfe ersuchen dürfen, zu denen sie gemäß eigener Kompetenzauflistung selbst rechtlich nicht befugt sind – dies um einen Geheimpolizeiapparat totalitären Stils vermeiden zu können.*«* Umgekehrt riskiert man aber offensichtlich bewusst, dass die Polizei selbst den Anstrich eines Geheimpolizeiapparates bekommt. Eine Erweiterung des Opportunitätsprinzips – also die Möglichkeit des Ermessensspielraumes –in diesen Bereichen, würde für die Polizei einen weiteren, unkontrollierten Machtzuwachs bedeuten.

Richter Y. greift nochmals in seinen Bücherschrank. Er findet die Deutsche Richterzeitschrift, Erscheinungsjahr 2000, Seite 355 und liest einen Beitrag von Generalbundesanwalt Kay Nehm, Karlsruhe:

»In den letzten Jahren hat faktisch die Polizei – seit jeher auf internationale Zusammenarbeit angewiesen – bei der Verbrechensbekämpfung national wie international (im Verhältnis zur Justiz) eine Vorreiterrolle übernommen. Dabei kommen ihr die Innenverwaltungen nach Kräften entgegen. Es wird »Handlungsbedarf« festgestellt und ohne die strafprozessualen und datenschutzrechtlichen Bezüge abschließend zu erörtern, sogleich gehandelt. Die Errichtung des europäischen Polizeiamtes – Europol – bietet dafür ein gutes Beispiel.
Auch das Schengener Durchführungsübereinkommen ist ... aus der Interessenlage der Polizei formuliert und abgeschlossen worden ...
D. h. Eine justizielle Kontrolle fehlt. Die Erwartung, sie könne sich durch die nationalen Staatsanwaltschaften für ihren jeweiligen Zuständigkeitsbereich

sichergestellt werden, wird sich angesichts der immer mehr multilateral aus-
gerichteten polizeilichen Zusammenarbeit nicht erfüllen.«

Zurück zu unserer Fiktion 2040.

Richter Y. erlebt den Höhepunkt dieser Entwicklung.

Stagnierte diese Entwicklung noch aufgrund Wohlstandsgesellschaft und
»demokratischer Feigenblatt-Politik« – der Bürger verlor ohnehin aufgrund
seiner zunehmenden Politikverdrossenheit seine Aufmerksamkeit –, so
kippte sie um in eine neuen Realität. Das Misstrauen der Staatsmacht im
Hinblick auf das europäische Ungleichgewicht und auf zunehmende
Armut und zunehmenden politischen Unmut der Bürger führte zur
Zentralisierung und zu totalitären Machtstrukturen, wie aus alten Zeiten,
z.B. aus den Jahren 1811/1812/1813 bekannt.

Die letzten Mechanismen einer Gewaltenkontrolle wurden beseitigt. Die
Exekutive ist wieder das Machtmonopol, Legislative und Judikative ohne
eigenständige Bedeutung. Die Justiz wurde – wie überwiegend in den
alten Zeiten bis 1946 – zum Büttel der zentralen Staatsmacht. Die Staatsanwaltschaft ist nicht mehr Kontrollorgan, sondern Speerspitze der Exekutive bzw. der Polizei. Den unabhängigen Richter vergangener Zeiten gibt
es nicht mehr.

Richter Y. ist sich dessen bewusst, er als Vorsitzender seines Senats für
Staatsschutzsachen ist kein unabhängiger Richter mehr, er ist Handlanger
der Staatsraison. Die Regierung, die einzelnen Minister, ja Polizei und
Staatsanwaltschaft geben seiner Arbeit absolut zwingende Vorgaben.
Der Richter sitzt zu Hause in Immenstadt auf seiner Terrasse. Die Sonne
ist untergegangen. Er nimmt seinen Laptop und geht wieder ins Haus.
Ihn fröstelt es. Er ist bald 70 Jahre alt und wird heuer noch in Pension
gehen. Als er sein Studium der Rechtswissenschaften begonnen hatte – er
hatte sich dieses Studium bewusst ausgesucht –, hatte er noch gesagt, dass

er niemals Richter in einem totalitären Staat sein wolle, die demokratische Grundordnung sei unbedingte Voraussetzung. Er hatte noch seinen Diensteid auf diese geleistet. Inzwischen ist es ihm so ergangen, wie jenen Richtern im Naziregime, die mit Idealismus ihrem Beruf nachgegangen waren und sich plötzlich in einem totalitären Regime wiederfanden. Er hatte sich früher manchmal gefragt, warum diese Richter weiter gearbeitet hatten. Inzwischen musste er es selbst erfahren, Alltag, Familie, Anpassung, Selbstbetrug, Bequemlichkeit verhindern ein Aufhören. Auch er war in den letzten Jahren zum Handlanger der politischen Macht geworden.

Aber er setzt sich aufrecht in seinen Schreibtischsessel.

In Kürze wird er pensioniert, hört auf. Sein letztes Urteil möchte er als freier, unabhängiger Richter fällen. Er will sich nicht von seiner Herkunft, von seiner Liebe zum Alpenland beeinflussen lassen, aber auch nicht von seiner Regierung. Das letzte Urteil möchte er fällen wie es ihm in jungen Jahren noch möglich war, unparteiisch und unabhängig, mit den Mitteln und dem Wissen jener Zeit, die Neutralität noch ermöglicht hatte. Die noch geschriebenen Gesetze will er nicht als Makulatur ansehen, sondern will sie mit Leben füllen, mit Leben, wie er es in seinen Zeiten der Freiheit noch gekannt hatte. Er will sich bewusst daran erinnern.

Richter Y. öffnet die elektronische Akte.

III. DIE ANKLAGE, STRAFVORSCHRIFTEN UND DER BISHERIGE PROZESSVERLAUF IM JAHRE 2040

Die Anklage der Staatsanwaltschaft aus dem Jahre 2040 wird verkürzt wiedergegeben.

DIE STAATSANWALTSCHAFT LEGT DEN SIEBEN ANGESCHULDIGTEN FOLGENDE STRAFTATEN ZUR LAST:
Am Nachmittag des 3.8.2040 fuhren die sieben Angeschuldigten mit einer Zugmaschine und einem geschlossenen Anhänger auf den ihnen vom Landratsamt Oberallgäu zugewiesenen Platz in Sonthofen vor der Michaelskirche; sie wurden dort von einer Zuschauermenge bereits erwartet.
Der Fahrer der Zugmaschine (1. Angeschuldigter) nahm das Verdeck des Anhängers ab. Die anderen sechs Angeschuldigten wurden sichtbar. Der Fahrer stieg zu ihnen auf den offenen Anhänger.
Der 1. Angeschuldigte positionierte sich in der der Zugmaschine zugewandten Hälfte des Anhängers. Er trat in der Kleidung eines adeligen bayerischen Ministers anfangs des 19. Jahrhunderts auf. Über seinen Kopf hatte er sich die Karikatur eines Gamsbockkopfes gestülpt; Hörner und Gamsbart waren überdimensioniert. Dieser Angeschuldigte hatte einen Apfel in der Hand.
In der der Zugmaschine abgewandten Hälfte des Anhängers standen die anderen sechs Angeschuldigten. Sie nahmen eine bedrohliche, aggressive Haltung gegenüber dem erstgenannten Angeschuldigten ein. Einer von ihnen hatte eine Armbrust als Schusswaffe in den Händen und legte diese auf den ersten Angeschuldigten an. Dazu stießen sie wilde und unverständliche Laute aus.
Die sechs Angeschuldigten hatten Aufschriften auf ihrem Rücken, nämlich wie folgt: Der 2. Angeschuldigte: »Alpenrebell Freiherr von Hormayr«, der 3. Angeschuldigte mit der Armbrust: »Alpenrebell Erzherzog Johann«, der 4. Angeschuldigte: »Alpenrebell Dr. Schneider«, der 5. Angeschuldigte: »Alpenrebell Freiherr von Gagern«, der 6. Angeschuldigte: »Alpenrebell

Graf von Reisach-Steinberg«, der 7. Angeschuldigte: »Alpenrebell von Roschmann«,

Dazu riefen die sechs Angeschuldigten lauthals: »Alpenländer vereinigt euch,« »Es lebe die Verschwörung Alpenbund« und »Der bayerische Innenminister ist ein Gamsbock«.

Die sieben Angeschuldigten werden deshalb beschuldigt, in Mittäterschaft handelnd

a) es unternommen zu haben, durch Drohung mit Gewalt den Bestand der Bundesrepublik Deutschland beeinträchtigt zu haben (§ 81 StGB = Strafgesetzbuch)

b) es unternommen zu haben, durch Drohung mit Gewalt einen Teil eines Landes von diesem abzutrennen (§ 82 StGB)

c) ein hochverräterisches Unternehmen vorbereitet zu haben (§ 83 StGB)

d) öffentlich die Bundesrepublik Deutschland oder eines ihrer Länder beschimpft oder böswillig verächtlich gemacht zu haben (§ 90 a StGB)

e) öffentlich die Regierung eines Landes oder eines ihrer Mitglieder in dieser Eigenschaft in einer das Ansehen des Staates gefährdenden Weise verunglimpft und sich dadurch absichtlich für Bestrebungen gegen den Bestand der Bundesrepublik Deutschland eingesetzt zu haben (§ 90 b StGB)

f) einen anderen beleidigt zu haben (§ 185 StGB)

WESENTLICHES ERGEBNIS DER ERMITTLUNGEN:

1. Von einem »minder schweren Fall« im Sinne des § 82 Absatz 2 StGB ist keinesfalls auszugehen, da sich die sieben Angeschuldigten für ihr Unternehmen sechs hochkarätige Staatsaufwiegler der Vergangenheit bedient haben.

2. Die Ermächtigung des betreffenden Regierungsmitglieds liegt vor, § 90 b Abs.2 StGB.

3. Das bayerische Regierungsmitglied hat Strafantrag gestellt, § 194 StGB; auch eine Ermächtigung der betroffenen Körperschaft liegt vor.

Richter Y. führt sich die einschlägigen Strafvorschriften im Wortlaut, teilweise auszugsweise nochmals zu Gemüte.

»§ 81 StGB Hochverrat gegen den Bundesrepublik
(1) Wer es unternimmt, mit Gewalt oder durch Drohung mit Gewalt
  1. den Bestand der Bundesrepublik Deutschland zu beeinträchtigen oder
  2. die auf dem Grundgesetz der Bundesrepublik Deutschland beruhende verfassungsmäßige Ordnung zu ändern,
  wird mit lebenslanger Freiheitsstrafe oder mit Freiheitsstrafe nicht unter zehn Jahren bestraft.
(2) In minder schweren Fällen ist die Strafe Freiheitsstrafe von einem Jahr bis zu zehn Jahren.

§ 82 StGB Hochverrat gegen ein Land
(1) Wer es unternimmt, mit Gewalt oder durch Drohung mit Gewalt
  1. das Gebiet eines Landes ganz oder zum Teil einem anderen Land der Bundesrepublik Deutschland einzuverleiben oder einen Teil eines Landes von diesem abzutrennen oder
  2. die auf der Verfassung eines Landes beruhende verfassungsmäßige Ordnung zu ändern,
  wird mit Freiheitsstrafe von einem Jahr bis zu zehn Jahren bestraft,
(2) In minder schweren Fällen ist die Strafe Freiheitsstrafe von sechs Monaten bis zu fünf Jahren.

§ 83 StGB Vorbereitung eines hochverräterischen Unternehmens
(1) Wer ein bestimmtes hochverräterisches Unternehmen gegen den Bund vorbereitet, wird mit Freiheitsstrafe von einem Jahr bis zu zehn Jahren, in minder schweren Fällen mit Freiheitsstrafe von einem Jahr bis zu fünf Jahren bestraft.
(2) Wer ein bestimmtes hochverräterisches Unternehmen gegen ein Land vorbereitet, wird mit Freiheitsstrafe von drei Monaten bis zu fünf Jahren bestraft.

§ 90 a StGB Verunglimpfung des Staates und seiner Symbole
(wird nur auszugsweise zitiert)
(1) Wer öffentlich, in einer Versammlung oder durch Verbreiten von Schriften...

> *1. die Bundesrepublik Deutschland oder eines ihrer Länder oder ihre verfassungsmäßige Ordnung beschimpft oder böswillig verächtlich macht...*
> *wird mit Freiheitsstrafe bis zu drei Jahren oder mit Geldstrafe bestraft...*

(3) Die Strafe ist Freiheitsstrafe bis zu fünf Jahren oder Geldstrafe, wenn der Täter sich durch die Tat absichtlich für Bestrebungen gegen den Bestand der Bundesrepublik Deutschland oder gegen Verfassungsgrundsätze einsetzt.

§ 90 b StGB Verfassungsfeindliche Verunglimpfung von Verfassungsorganen
(1) Wer öffentlich, in einer Versammlung oder durch Verbreiten von Schriften... ein Gesetzgebungsorgan, die Regierung oder das Verfassungsgericht des Bundes oder eines Landes oder eines ihrer Mitglieder in dieser Eigenschaft in einer das Ansehen des Staates gefährdenden Weise verunglimpft und sich dadurch absichtlich für Bestrebungen gegen den Bestand der Bundesrepublik Deutschland oder gegen Verfassungsgrundsätze einsetzt, wird mit Freiheitsstrafe von drei Monaten bis zu fünf Jahren bestraft.
(2) Die Tat wird nur mit Ermächtigung des betroffenen Verfassungsorgan oder Mitglieds verfolgt.«

§ 185 Beleidigung

Die Beleidigung wird mit Freiheitsstrafe bis zu einem Jahr oder mit Geldstrafe und, wenn die Beleidigung mittels einer Tätlichkeit begangen wird, mit Freiheitsstrafe bis zu zwei Jahren oder mit Geldstrafe bestraft.

§ 194 Strafantrag

(1) Die Beleidigung wird nur auf Antrag verfolgt...

...

(4) Richtet sich die Tat gegen ein Gesetzgebungsorgan des Bundes oder eines Landes oder eine andere politische Körperschaft im räumlichen

Geltungsbereich dieses Gesetzes, so wird sie nur mit Ermächtigung der betroffenen Körperschaft verfolgt.

Richter Y. hatte die Beweisaufnahme und Antragstellung schon hinter sich gebracht. Die sieben Angeklagten waren hinsichtlich des ihnen vorgeworfenen Sachverhalts geständig. Zeugen waren nicht zu vernehmen.

Aufgrund der Beweisaufnahme steht für Richter Y. folgender Sachverhalt zu seiner Überzeugung fest:
Die sieben Angeklagten im Alter von 21 bis 22 Jahren haben ihren Hauptwohnsitz in Kempten und sind deutsche Studenten an der Universität Innsbruck. Zum Teil studieren sie Medizin, zum Teil Betriebswirtschaft. Sie hatten zusammen mit österreichischen Kommilitonen eine bier- und weinselige Nacht verbracht. Dabei erinnerten sie sich an die heldenhaften Tiroler, wie Andreas Hofer und andere und an den Volksaufstand gegen Bayern und Franzosen im Jahre 1809. Thema war, was einem schon deutsche Schulbücher, Filme und andere Quellen nahegebracht hatten. Sie erinnerten sich an die Altusrieder Freilichtaufführung »Andreas Hofer« und schwelgten mit ihren österreichischen Freunden in dieser heldenhaften Vergangenheit. Dabei erfuhren sie erstmals – und waren tief beeindruckt –, dass nach Niederschlagung dieses Aufstandes um 1811/1812/1813 eine neue Idee geboren wurde, der Alpenbund. An dieser Verschwörung sollen – so hörten sie – folgende Personen beteiligt gewesen sein: Erzherzog Johann, Freiherr von Hormayr, Dr. Schneider, Freiherr von Gagern, Graf von Reisach-Steinberg und von Roschmann. Diese Namen wollten sie sich merken. Und die Angeklagten, die die Berge lieben, erinnerten sich an das gängige Schlagwort »Alpenländer vereinigt euch«. Und sie wollten demonstrieren – für die »Verschwörung Alpenbund«, für Freiheit, Selbständigkeit und gegen politische Pressionen im Jahre 2040. Über den Alpenbund und die beteiligten Personen wussten sie ansonsten nichts.

Sie besorgten sich Kostüme und die Attrappe einer Armbrust, so wie Erzherzog Johann sie geschultert haben mag – oder war es ein Stutzen –, dachten an den Gamskopf, den sie dem dargestellten und amtierenden bayerischen Innenminister überziehen wollten – ein Gamsbart erschien ihnen zu wenig aussagekräftig –, meldeten sich beim Landratsamt Oberallgäu ordnungsgemäß an und verkleideten sich. Der bayerische Innenminister sollte entsprechend Montgelas im Gewand seiner Zeit gekleidet sein; der Gamskopf war karikiert und überstilisiert. Die übrigen Personen sollten im typischen Gewand der Alpenbevölkerung auftreten, Erzherzog Johann natürlich in seiner steirischen Tracht, so wie man ihn von seinen heroischen Bildern her kennt. Mit der angelegten Attrappe einer Armbrust wollten sie die Abneigung gegenüber der bayerischen Staatsgewalt, insbesondere gegenüber der wieder erstarkten Ministerialgewalt zeigen. Es sollte ein Schauspiel für die Umstehenden werden. Die Aufschriften bzw. Namen sollten den Bezug ihrer gestörten politischen Gegenwart zur Vergangenheit 1811/1812/1813 herstellen.

Die sieben Angeklagten setzten ihren Plan in die Tat um. Anlässlich ihrer Wochenendheimfahrt zu ihren Eltern nach Kempten, fuhren sie mit dem geliehenen Fahrzeug von Innsbruck über Reutte, Tannheimer-Tal, Oberjoch, Bad Hindelang nach Sonthofen auf den Platz vor der Kirche, nahmen die Plane von ihrem Anhänger ab und demonstrierten ihre Schau. Dazu wurden von ihnen – was in der Anklage nicht steht bzw. als unverständliche Laute beschrieben wird – Lieder, die anfangs des 19. Jahrhunderts zu Ehren von Erzherzog Johann entstanden waren, gesungen und gejodelt. Die fünf Strophen des Erzherzog Johann-Jodler »wo i geh, wo i steh« werden im Folgenden noch zitiert werden.

Dieses Schauspiel sollte etwa 20 Minuten andauern.

Es wurde durch das Erscheinen und Einschreiten eines Kemptener Staatsanwalts, der am Amtsgericht Sonthofen, um die Ecke, Sitzungsdienst hatte kurz vorher unterbunden. Der junge Staatsanwalt – immer auf der Suche nach Beschleunigung seiner Karriere – erkannte diese Darstellung der sieben Angeklagten als Chance und leitete ein Ermittlungsverfahren ein, das schließlich bis zur Anklage zum Senat für Staatsschutzsachen in München gedieh. Er soll Direktor eines Amtsgerichts geworden sein.

Richter Y. lächelt süffisant, ein anschließender Wechsel dieses Herrn zur Polizei bzw. zum Innenressort könnte ihm weiter nützen. Der Weg zum Oberlandesgerichtspräsidenten wäre dann mehr oder weniger geebnet.

Die Aufgabe von Richter Y. ist nun, diesen festgestellten Sachverhalt rechtlich zu würdigen; der Senat hatte sich sozusagen zur Beratung zurückgezogen und Termin zur Verkündung einer Entscheidung bestimmt. Seine Senatsmitglieder würde er nicht weiter zu Rate ziehen müssen, sie werden sich wie üblich seiner Autorität unterwerfen.

Die Anträge waren bereits gestellt worden.

Die Staatsanwaltschaft hatte beantragt, die Angeklagten jeweils zu einer Freiheitsstrafe von zehn Jahren zu verurteilen.

Die Verteidigung, ein offensichtlich staatspolitisch angepasstes Rechtsorgan, stellte keinen offiziellen Antrag, sondern bat das Gericht nur, Milde walten zu lassen und die Angeklagten zu einer geringfügigen Freiheitsstrafe zu verurteilen.

Die sieben Angeklagten sind offensichtlich nicht aus wohlhabenden Hause. Sie können sich keinen kostspieligen Anwalt leisten, einen Anwalt, der sich das Risiko eines Clinches mit der Staatsgewalt teuer bezahlen ließe.

Richter Y. wollte sich allerdings im Interesse eines ausgewogenen Urteils vorher die geschichtlichen Hintergründe der Jahre 1811/1812/1813 erarbeiten. Die polizeilichen und staatsanwaltschaftlichen Ermittlungen gaben nach Aktenlage absolut nichts dafür her. Die Angeklagten selbst konnten keine näheren Angaben zum Alpenbund und zu den daran beteiligten Personen machen. Sie hatten nur vage Vorstellungen über den geplanten Zusammenschluss der Alpenländer, ob nun nur zum Zwecke des gemeinsamen Aufstandes oder gar zur eigenen Staatenbildung. Sie hatten nur von Erzherzog Johann als dem »König der Berge« gehört und betrachteten das Ganze als Synonym einer neuen, romantischen Freiheit, um die man doch kämpfen könnte.

Gemeinsam ist den Angeklagten eine liberale, allenfalls liberale-nationale politische Gesinnung und ihre Abwehrhaltung gegen einen sich neu entwickelten zentralistischen Staat im Jahre 2040, der sich der demokratischen Grundordnung nicht mehr verpflichtet fühlt. Insbesondere liegen keinerlei Anhaltspunkte dafür vor, dass sie Anhänger eines Neo-Faschismus wären.

Der Richter recherchierte also. Was war in den Jahren 1811/1812/1813, was war der Alpenbund, wer waren die angeblich daran beteiligten Personen, die am Tattag in Sonthofen genannt wurden? Die Staatsanwaltschaft konnte es sich in dieser fiktiven Zeit leicht machen; sie war nur dazu da, den nervös gewordenen Staat vor angeblichen politischen Unruhen oder gar Angriffen in Schutz zu nehmen, nötigenfalls mit überzogenen Pressionen. Der Richter dagegen wollte ein Urteil fällen, sein letztes Urteil, das den Charakter jener Zeit widerspiegelt, in denen sich der Staat noch der demokratischen Grundordnung verpflichtet sah. Dazu musste er Näheres wissen.

Lächelnd muss er sich allerdings eingestehen, letztlich hatte er mehr recherchiert als für das juristische Urteil unbedingt notwendig gewesen wäre. Die Geschichte hatte ihn gefesselt. Er hatte das Fieber eines Schatzsuchers gespürt. Er wollte neue Zusammenhänge aufdecken. Seine juristische Arbeit hatte ihn gezwungen, sich mit der Vergangenheit zu befassen. Und er hatte sich von ihr einfangen lassen, war eingetaucht in Vorgänge, einmalig und doch wiederholbar, wie es ihm seine fiktive Zeit lehrt.

Für ihn als Jurist war es faszinierend, einmal nicht unbestimmte Rechtsbegriffe mit dem gegenwärtigen Zeitgeist füllen zu müssen, sondern eine Vergangenheit näher kennenzulernen, die doch 200 Jahre und länger zurückliegt. So lange dies auch erscheinen mag, frappierend ist, dass die Unterschiede zur Gegenwart oder zur fiktiven Zukunft nicht so groß sind. Damals wurde schon gedacht und gelebt, was man heute bzw. morgen denkt und lebt. Die Arroganz hinsichtlich der eigenen Originalität verliert sich. Nichts liegt so lange zurück, als dass es nicht bedeutungsvoll für die Gegenwart und für die Zukunft wäre. Die gewonnene Bescheidenheit hinsichtlich der Gegenwart und der Zukunft versteht sich aus der Neugierde zur Geschichte und aus dem Wissen und den Kenntnissen um sie. So muss wohl der Historiker aus Leidenschaft fühlen, denkt sich der Jurist. Die klassischen Grundelemente waren, sind und werden für die Menschheit immer prägend sein, wie z.B. Ängste, Macht, Aufstieg, Niedergang, Hoffnung und Träume. Utopia und Atlantis sind existenziell.

Richter Y. lässt sich wieder in seinen Sessel zurückfallen. Er schließt die Augen und das Ergebnis seiner Recherchen und Wertungen zieht an ihm vorüber. Sie waren anhand der Sekundärliteratur nicht leicht zu fassen. Auffallend waren die zum Teil tendenziösen Schwankungen der Autoren, je nachdem, was sie subjektiv zu heroisieren, zu verniedlichen oder gar zu verurteilen gedachten. Als Hauptquelle – andere dürften sich ebenfalls darauf gestützt haben – diente die Dissertation von Klier »Der Alpenbund«.

IV. ALPENBUND

Geburtsort und Schaltzentrale der Verschwörung Alpenbund war Wien in den Jahren 1811, 1812 und 1813.

Der Entstehungszeitpunkt des Alpenbundes kann nicht exakt bestimmt werden. Tatsache ist, dass nach der blutigen Niederschlagung des Tiroler Volksaufstandes gegen Bayern und Franzosen im Spätherbst 1809 und der Besetzung Tirols durch rund 40000 bayerische und französische Soldaten vom österreichischen Kaiser Franz I. eine Hofkommission in Wien eingesetzt wurde, die Anlaufstelle für Tiroler Flüchtlinge und Ausgewiesene war. Der Wiener Kaiserhof, dem der Freiheitskampf in der Endphase politisch eher ungelegen gekommen war, versuchte wenigstens im Nachhinein zu helfen. Er betraute seine Hofbeamten Freiherr von Hormayr und von Roschmann, ehemalige Tiroler Köpfe des Aufstandes 1809, mit der Aufgabe, das Leid der geschlagenen Kämpfer zu lindern. Man erhoffte sich, dass gerade diese beiden mit ihren alpenländischen Landsleuten am besten zurechtkämen.

Freiherr von Hormayr und von Roschmann standen mit den Flüchtlingen in engem Kontakt. Sie erfuhren hautnah, was in den besetzten Territorien Sache war. Die Stimmung in der Bevölkerung war niedergeschlagen und weiterhin gegen die bayerischen und französischen Besatzer gerichtet. Die Flüchtlinge und Emigranten ihrerseits hatten ihr Alpenland verlassen müssen und waren besessen von der Idee, wieder dorthin zurückzukehren und den Widerstand aufs Neue zu schüren. Freiherr von Hormayr machte das Thema dieser Leute zu seinem eigenen, von Roschmann wurde erst später eingeweiht. Unter den Augen der Metternichschen Polizei, die erst mal nichts davon ahnte, nahm der Plan eines bewaffneten Aufstandes in den Alpenländern neue Gestalt an. Ende 1810 war Dr. Anton Schneider aus Vorarlberg bzw. dem damaligen bayerischen Illerkreis zu ihnen gestoßen. Dazu kam der deutsche Reichsfreiherr Freiherr von Gagern. Auch wurde Kontakt zu dem Schweizer de Salis aufgenommen. Ob der Generalkommissär des bayerischen Illerkreises Graf von Reisach-Steinberg Mitglied der Verschwörung war, ist nicht leicht zu beantworten.

Da sich das Kaiserreich Österreich unter der Führung von Kaiser Franz I. und dem ab 1809 bestimmenden Minister Metternich nach dem Frieden von Schönbrunn mit Napoleon gezwungenermaßen ausgesöhnt hatte und vorübergehend mit ihm verbündet war, mussten die Vorbereitungen für den neuen Volksaufstand gegenüber dem Kaiserhaus geheim bleiben. In verdeckten Zusammenkünften im Klosterneuburger Wohnhaus Freiherr von Hormayrs reifte der Plan soweit, dass der Aufstand Tirol, die Salzburgischen Gebirge und Vorarlberg, also zumindest Teile des bayerischen Illerkreises mit der Hauptstadt Kempten, umfassen sollte. »Illyrien, die Welschen Thäler, die Schweiz« sollten folgen, ist aus dem Tagebuch von Erzherzog Johann zu entnehmen.

Der Aufstand sollte nachfolgend bezeichnete Territorien erfassen, wobei der bayerischen Einteilung in Kreise gefolgt wird; in den Jahren 1806 bis 1808 wurde das Königreich Bayern in 15 staatliche Kreise eingeteilt, von denen hier der Innkreis, der Etschkreis, der Eisackkreis, der Salzachkreis und der Illerkreis interessieren:

1. Den bayerischen Innkreis mit folgenden kreisunmittelbaren Städten und Landgerichten (= Tirol)
    Brixen (ab 1810) - Innsbruck
    Brixen (ab 1810 bayerisch) - Bruneck (ab 1810) - Enneberg (ab 1810) - Fürstenburg - Glurns - Hall - Imst - Innsbruck - Kastelruth (ab 1810) - Kitzbühel - Klausen (ab 1810) - Kufstein - Lana (ab 1810) - Landeck - Meran (ab 1810) - Mühlbach (ab 1810) - Passeier (ab 1810) - Rattenberg - Reutte - Ried (ab 1810) - Sarntal (ab 1810) - Schlandern (ab 1810) - Schwaz - Silz - Steinach - Sterzing (ab 1810) - Stubai (ab 1810) - Taufers (ab 1810) - Telfs - Welsburg (ab 1810) - Werdenfels (ab 1810) - Zell am Ziller (ab 1811).
    Hauptstadt war Innsbruck. Generalkommissär war der bayerische Kronprinz Ludwig.

2. Den ehemaligen bayerischen Etschkreis, den Bayern 1810 an das französisch regierte Königreich Italien zurückgegeben hatte und eben-

falls österreichisch Tirol gewesen war. Er umfasste den nördlichen Teil des heutigen Trentino; Hauptstadt war Trient. Die anderen Verwaltungsbezirke waren:
Cavalese - Civezzano - Cles - Condino - Levico - Male' - Mezzolombardo (Welschmetz) - Pergine - Riva - Rovereto, Stadt - Rovereto - Stenico - Tione - Trient, Stadt - Trient - Vezzano.

3. Den ehemaligen bayerischen Eisackkreis, deren südliche italienische Sprachgebiete (= Welsche Thäler) und der südlichste Teil des deutschsprachigen Tirols einschließlich Bozen von den Bayern 1810 an das Königreich Italien – 1805 bis 1814 napoleonisch – abgetreten wurde. Er umfasste die kreisunmittelbaren Städte Bozen und Brixen bzw. die Landgerichte Bozen - Brixen - Bruneck - Klausen - Lienz - Meran - Sillian.
»Osttirol« mit Lienz, Sillian und Mahrei wurden 1810 Teil der »Illyrischen Provinzen Frankreichs«. Der restliche Eisackkreis wurde dem bayerischen Innkreis zugeteilt.

4. Teile des Salzachkreises (= Tirol und Salzburger Gebirge), nämlich das Herzogtum Salzburg, das Gericht Kitzbühel und das südliche Innviertel einschließlich Teile des Salzkammergutes.
Hauptstadt war Salzburg. Generalkommissär war Kronprinz Ludwig.

5. Teile des Illerkreises (= Vorarlberg und ehemals K.K. Schwäbisches Oberamt der Reichsgrafschaft Rothenfels, dann Landgericht Immenstadt) mit folgenden kreisunmittelbaren Städten und Landgerichten:
Kempten - Lindau - Memmingen (ab 1810)
Babenhausen (ab 1813) - Bregenz (Vorarlberg) - Buchhorn - Buchloe (ab 1810) - Buxheim (ab 1813) - Dornbirn (Vorarlberg) - Edelstetten (ab 1816) - Elchingen (ab 1810) - Feldkirch (Vorarlberg) - Füssen - Grönenbach - Günzburg (ab 1810; ehemals Vorderösterreich, ab 18.5.1803 Landeshauptstadt) - Illereichen (ab 1814) - Illertissen (ab 1810) - Immenstadt (1804 bis 1805 österreichisch) - Inner-Bregen-

zer-Wald (Vorarlberg) - Kaufbeuren (ab 1810) - Kempten - Kirchheim (ab 1814) - Leutkirch (1810 an Württemberg abgetreten) - Lindau - Mindelheim (ab 1810) - Montafon (Vorarlberg) - Oberdorf (Markt-oberdorf) - Obergünzburg - Ottobeuren (ab 1810) - Ravensburg (1810 an Württemberg abgetreten) - Reutte (ab 1810) - Roggenburg (ab 1810) - Schongau - Schwabmünchen (ab 1810) - Sonnenberg (Vorarlberg) - Sonthofen - Tettnang (1810 an Württemberg abgetreten, 1780 bis 1805 Vorderösterreich) - Thannhausen (ab 1814) - Türkheim (ab 1810) - Ursberg (ab 1810) - Wangen (1810 an Württemberg abgetreten) - Weiler (Vorarlberg , seit 1571 österreichisch gewesen).

6. Die illyrischen Provinzen (= Illyrien). Darunter verstand man 1811/1812/1813 jene Gebiete am Ostufer der Adria und im Ostalpenraum, die zwischen 1807 und 1809 von Napoleon erobert und annektiert worden waren. Die Gebiete waren Dalmatien, Kroatien südlich der Save, Istrien, Triest, Görz, Krain und der westliche Teil Kärntens.
Hauptstadt war Laibach. An der Spitze der Verwaltung stand ein französischer Generalgouverneur.

7. Die Schweiz.
Gemeint waren Teile der deutschsprachigen Schweiz, insbesondere Graubünden, St. Gallen, Appenzell Ausserrhoden und Appenzell Innerrohden. Graubünden und St. Gallen waren 1803 der Schweizer Eidgenossenschaft beigetreten.

In den Befreiungskriegen von 1809 führte Andreas Hofer drei Mal siegreich zum Kampf gegen die Truppen Napoleons und des Königtums Bayern. Der Aufstand endete am 1. November 1809 mit der Niederlage der Tiroler am Berg Isel. Hofer wurde am 28.Januar 1810 gefangen genommen. Er wurde nach Mantua verbracht, vor ein französisches Kriegsgericht gestellt und am 20. Februar 1810 erschossen. Auch der Vorarlberger und Oberallgäuer Aufstand wurde niedergeschlagen; der Anführer Dr. Schneider wurde vor ein bayerisches Spezialgericht in Lindau gestellt.

Das Ziel dieser Befreiungskriege war das gleiche, das nunmehr von der Verschwörung Alpenbund verfolgt werden sollte. Man wollte sich die Freiheit zurückkämpfen. Hebt man Tirol und Vorarlberg heraus, so bedeutete Freiheit das Leben in einer eigenständigen, gewachsenen Kultur, eingebunden in eine eigene Verfassung mit Ansätzen von Demokratie, auf die man stolz war.

Man litt unter der Massenaufhebung von Klöstern und Kirchen. Die Bevölkerung sah sich ihrer Religion, deren Stätten und ihrer Tradition beraubt. Die bayerische Regierung griff in Feiertage, Art der Liturgie und Wallfahrten ein. Die Geistlichen waren angewiesen, ihre Predigten den Behörden schriftlich vorzulegen. Prozessionen wurden abgeschafft.

Die alte Verfassung war aufgehoben worden. Gemeint ist vor allem das sogenannte Landlibell, das für Tirol und Vorarlberg gegolten hatte; Vorarlberg war nach der Okkupation durch Bayern von Tirol getrennt worden.

Das Landlibell ist eine Urkunde von Kaiser Maximilian I. vom 23.Juni 1511. Es beginnt wie folgt:
»Wir, Maximilian, von Gottes Gnaden Erwählter Römischer Kaiser, zu allen Zeiten Mehrer des Reichs, in Germanien, zu Ungarn, Dalmatien, Kroatien usw. König, Erzherzog zu Österreich, Herzog zu Burgund, zu Lothringen, zu Brabant, zu Steyr, zu Kärnten, zu Krain, zu Limburg, zu Luxemburg und zu Geldern, Landgraf im Elsaß, Fürst zu Schwaben, Pfalzgraf zu Habsburg und zu Hennegau, Gefürsteter Graf zu Burgund, zu Flandern, zu Tirol, zu Görz, zu Artois, zu Duisburg (in der Provinz Brabant), zu Holland, zu Seeland, zu Pfirt, zu Kyburg, zu Namur und zu Zutphen, Markgraf des Heiligen Römischen Reiches, der Enns und zu Burgau, Herr zu Friesland, auf der Windischen Mark, zu Mecheln, zu Portenau und zu Salins usw., bekennen für uns, all unsere Erben und nachfolgenden regierenden Herren und Landesfürsten unseres Landes der Fürstlichen Grafschaft Tirol und tun öffentlich kund

mit diesen Brief:«

Die Urkunde legte im Einvernehmen mit den Landständen fest, dass die Stände zur Verteidigung des Landes Kriegsdienste zu leisten hatten. Zum einen durch das sogenannte Aufgebot, eingeteilt durch Gerichte bzw. Verwaltungseinheiten in einer Stärke von 5000 bis 20000 Mann, je nach Bedrohung, zum anderen durch den sogenannten Landsturm, für den bei plötzlichem Einbruch des Feindes alle Wehrfähigen aufgeboten wurden.

Dazu das Landlibell im Wortlaut:
»Wenn es in naher oder ferner Zukunft geschieht, das unser Land der Grafschaft Tirol oder die zwei Stifte Trient und Brixen, desgleichen die Herrschaft Lienz, das Pustertal, die Städte oder Landgerichte Rattenberg, Kufstein und Kitzbühel von ihrem Grenznachbarn oder jemand anderem angegriffen werden oder jemand eine Aggression plant, dann werden die genannten beiden Stifte, die Grafschaft Tirol, die Herrschaft Lienz mitsamt dem Pustertal, auch Rattenberg, Kufstein und Kitzbühel gegen einen solchen Angriff je nach Lage der Dinge ihre Hilfe leisten und 1.000 bis 5.000, 5.000 bis 10.000, 10.000 bis 15.000 und 15.000 bis 20.000 Mann, was die volle Streitmacht ist, schicken, und es sollen ihnen dazu durch uns Hauptleute, Mustermeister und andere Amtsträger nach den Erfordernissen eines jeden Aufgebotes beigegeben und zugeordnet werden… Wenn aber die Feindesgefahr so groß und überraschend ist, das die Streitmacht von 20.000 Mann nicht rechtzeitig ins Feld kommt, und der Glockenstreich oder glaubhafte mündliche oder schriftliche Aufrufe durch die Obrigkeit und die Hauptleute diese Feindesnot verkünden, so sollen inzwischen die der Gefahr am nächsten Befindlichen aus allen Ständen mit möglichst vielen Wehrfähigen zuziehen und so lange bleiben, bis die oben genannten 20.000 Mann ins Feld kommen und das Heer den Erfordernissen nach verstärkt wird…«

Das Landlibell beinhaltete weiter, dass das Aufgebot und der Landsturm nur innerhalb des Landes Tirol Kriegsdienst leisten mussten, und dass sie ohne Bewilligung der Landstände keinen Krieg beginnen sollten, der Tirol betraf. Die Ausrüstung war von den beiden Heeren selbst zu beschaffen. Daraus wurde das Recht hergeleitet, dass jeder Wehrfähige eine Waffe tragen durfte. Dies war der Ursprung des Schützenwesens. Die Urkunde wurde laufend der jeweiligen Zeit angepasst.

Das Landlibell beinhaltete im übrigen Regeln über Pfandschaften, Steuerleistungen, Renten, Zinsen, Nutzungen, Heirat, »Allmenden«, Münzwesen, Zölle und Maut.

Das Landlibell endet wie folgt:
»Doch soll diese Ordnung, Satzung und Bewilligung und dieser Vertrag uns, unseren Erben und nachkommenden regierenden Herren und Landesfürsten der Grafschaft Tirol, den beiden Stiften Trient und Brixen, den vier Ständen, den Prälaten und dem Adel unserer Landschaft der Grafschaft Tirol, der Herrschaft Lienz und Pustertal, auch den Städten und Landgerichten Rattenberg, Kufstein und Kitzbühel in allem anderen an unseren und ihren Obrigkeitsrechten, Freiheiten, Privilegien, Gebräuchen, guten altem Herkommen und Gewohnheiten unvergriffen und ohne Schaden sein. Alles getreulich und ohne Gefährde.
Zur Beurkundung haben wir unser Siegel an diesen Brief hängen lassen, der gegeben ist zu Innsbruck am 23. Juni nach Christi Geburt im 1511.
Jahr, unserer Reiche des Römischen im 26. und des Ungarischem im 22. Jahr.«

Diese Wehrverfassung hatte in Vorarlberg folgende Auswirkung:

Zum Beispiel stellte Bregenz, Feldkirch und Bludenz als einfaches Aufgebot 3.000 Mann, dazu z.B. der Westallgäuer Bereich, also Hohenegg 82 ½, Grünenbach 82 ½, Simmerberg 105, Altenburg und Kellhöf (Weiler und Scheidegg) miteinander 127 ½ Mann. Jedes Gericht bildete eine Kompanie; die Mannschaft wählte Hauptleute und Unteroffiziere aus ihren eigenen Reihen.

Im übrigen war in Tirol und Vorarlberg eine funktionierende Ständeverfassung praktiziert worden. Der Bürger- und Bauernstand hatte von jeher eine große Rolle gespielt. Der »Ministerialenadel« war seit dem 16.Jahrhundert mehr oder weniger vom Aussterben bedroht; der Klerus hatte nicht die weiträumigen Besitzungen wie in anderen Gegenden. Städte, Märkte und Bauern konnten zunehmend ihren Einfluss geltend machen. *»Die Begriffe Grundherr und Grundhold waren unbekannt«*. Die Ständeverfassung ähnelte vielmehr jener in der Schweiz. Die freien Gemeinden hatten ihre eigene Gerichtsbarkeit, die niedere und zum Teil auch die höhere. In den Städten sprachen gewählte Bürgermeister und Räte Recht, in den bäuerlichen Gebieten auf 4 Jahre gewählte Ammänner und vereidigte Geschworene. Die politische Verwaltung erschien fast demokratisch, jedenfalls volksnah. Tirol und Vorarlberg hatten den Charakter einer autonomen Bauern- und Bürgerrepublik. Auch der einfache Mann schätzte diese Ständeverfassung, nicht nur, weil sie seiner althergebrachten Rechtsgewohnheit entsprach, sondern vor allem, weil er am politischen Geschehen mitwirken konnte und keine Steuern zahlen musste, die nicht von, von ihm gewählten Vertretern vorher bewilligt worden waren.

Die weitere Darstellung beschränkt sich auf das Beispiel Vorarlberg:

Das faktische Ende dieser Ständeverfassung ist mit dem Erlass des bayerischen Dekrets vom 8.6.2007 anzusetzen, als die Steuerpflicht eingeführt wurde. Mit Gemeindegesetzgebung und bayerischer Verfassung vom 1.5.1808 erreichte der Abbau der Selbstverwaltung seinen Höhepunkt. *»Als Folge dieses Beschlusses müssen alle bisherige landschaftlichen Korporationen aufgehoben werden… In weiterer Folge desselben wird die bisherige Versammlung der landschaftlichen Deputirten hiermit gänzlich aufgelöst, und diese aller ihrer von der ehemaligen Landschaft überkommenden Funktionen entledigt…«*

Durch den bayerischen Zentralismus wurde den Gemeinden jede Mündigkeit abgesprochen. Die früheren 24 Gerichte wurden auf die Landgerichtsbezirke Bregenz, Bregenzerwald, Dornbirn, Feldkirch, Sonnenberg,

Montafon und Weiler reduziert. Für die einzelnen Gemeinden wurden neue Grenzregelungen geschaffen, alte Gemeinden zum Unverständnis der Bevölkerung auseinandergerissen. Die Gemeinden sollten nicht weniger als 50, und nicht mehr als 200 Familien haben, eine Regelung, die gerade im Alpenraum zu skurrilen Ergebnissen führte. Vorarlberg hieß Illerkreis. Kempten wurde Hauptstadt.

Das Landlibell wurde durch die bayerische Besatzungsmacht 1809 aufgehoben; es kam vor allem zur Zwangsaushebung von Rekruten.

Die Befreiungskriege der Tiroler und Vorarlberger im Jahre 1809 verstehen sich vor dem Hintergrund dieser auferzwungenen Veränderungen. Der Aufstand war niedergeschlagen worden, aber die Sehnsucht der Alpenländer nach Freiheit und ihren eigenständig gewachsenen gesellschaftlichen und politischen Strukturen blieb.

Die Verschwörung Alpenbund wollte das Erbe fortführen und einem neuen Aufstand neue Qualität geben, schon allein aufgrund der territorialen Ausdehnung.

Erzherzog Johann wurde erstmals 1812 über den Alpenbund informiert. Mitte Dezember 1812 schrieb Johann in sein Tagebuch: *»Ich bin ja zu allem bereit, ob in Güte gegen Napoleon oder mit dem Schwerte ...«* Er war zum Führer des Alpenbundes geworden. Im Februar 1813 stand fest, dass die Erhebung unter dem Namen »Alpenbund« stattfinden sollte.

Gleichzeitige Befreiungsbestrebungen in Deutschland, vor allem in Preußen beflügelte das Vorhaben

Auch Spanien hatte Mut gemacht.

Napoleon hatte die Bourbonen in Spanien angegriffen. Es regte sich ein spanisches Nationalgefühl, insbesondere im Volke. In wenigen Wochen erhoben sich 100.000 Mann. Eine nationale Junta erklärte Ferdinand VII. zum rechtmäßigen König und gleichzeitig Frankreich den Krieg. Das Volk hatte ihre Monarchie nicht im Stiche gelassen. Die Engländer waren zur Hilfe gekommen. Die Franzosen wurden anfangs 1809 aus Spanien vertrieben.

In Österreich flammte der Propagandaspruch auf: »*Spanien und Tirol tragen keine Fesseln mehr*«. Spaniens Erfolg brachte europaweit neues Selbstbewusstsein und Patriotismus gegen Napoleon, die auch nach der Niederlage von Andreas Hofer und von Dr. Schneider noch anhielten.

Der Plan des Alpenbundes sollte Rebellion in den Bergen, dann in Deutschland, möglichst auch in Italien bewirken. Ziel war, das Joch Napoleons und seiner Verbündeten abzuschütteln, dies nötigenfalls gegen den Willen des österreichischen Kaiserhauses bzw. Metternichs.

Man kontaktierte preußische und englische Mittelsmänner. England wollte Fiume und andere italienische Hafen besetzen. Geld und Waffen für das besetzte Tirol wurden bereitgestellt. Nach der militärischen Besetzung der Alpenländer war eine sofortige neue provisorische Regierung auf unterer Ebene beabsichtigt, die Bevölkerung sollte nach dem Muster des Landsturms in Kompanien gegliedert werden. Erzherzog Johann selbst wollte die Bewegung in Tirol anführen. Ausfälle nach Lindau, Augsburg, München, Salzburg waren geplant. Die Aufständischen im Süden sollten sich mit den Engländern in Venedig und Genua vereinigen. Schließlich wurde als Aufstandsbeginn der Ostermontag, der 19. April 1813 bestimmt.

Dies zum Alpenbund sozusagen vor die Klammer gezogen. Zum weiteren Verständnis erscheint es sinnvoll, vorweg die damalige politische Großwetterlage in Europa, Österreich, Bayern und der Schweiz kurz darzustellen

V. EUROPÄISCHE POLITIK

Die europäische Politik in diesen Jahren wurde ganz überwiegend von Frankreich bzw. Napoleon bestimmt. Napoleon agierte, allen anderen Staaten blieb nur die Reaktion.

Die historischen Kommentare lassen sich wie folgt zusammenfassen:

Richter Y. hat sie weitgehend aus dem Buch »Der Alpenrebell« von Hansjörg Straßer, 1987, erschienen im Verlag für Heimatpflege Kempten im Heimatbund Allgäu e. V. entnommen.

Am 20.Juni 1789 leisteten die Vertreter des Bürgertums in Frankreich den sogenannten Ballhausschwur, wonach sie nicht wieder auseinandergehen würden, ehe sie nicht Frankreich eine neue Verfassung gegeben hätten. Die Französische Revolution war geboren. Sie tobte durch Frankreich; Bauern erhoben sich gegen ihre Grundherren, Schlösser und Klöster wurden verwüstet. Daneben lag auch das deutsche Reich in revolutionärer Gärung. Friedrich der Große von Preußen hatte sich zum Vorkämpfer der Aufklärung gemacht und betrachtete das Deutsche Reich nur noch als Wrack. Auch Kaiser Joseph II. trat die Rechte des Adels sowie der Kirche mit Füßen und forderte die Stände heraus. Friedrich der Große allerdings verspürte in seinem Rücken die Gefahr der Französischen Revolution. Man vermied es, in der Auseinandersetzung mit Österreich diesem den Todesstoß zu versetzen. Vielmehr taten sich Preußen und Österreich unter Kaiser Leopold zusammen, um Front gegen Frankreich zu machen. Das monarchische Europa stellte sich gegen die Französische Revolution. Man sprach von der »Heiligen Allianz«. Es entstanden die Kriege der Französischen Revolution und Napoleons.

DIE ERSTE KOALITION

Am 20.4.1792 erklärte Frankreich Österreich den Krieg. Im Juli 1792 versammelte sich der hohe Adel des Heiligen Römischen Reiches Deutscher Nation zu Mainz um den neuen Kaiser Franz. Das Treffen wird als *»Henkersmahl des Heiligen Reiches«* bezeichnet. Österreich und Preußen schlossen sich zusammen, es folgten Großbritannien, Spanien und die Niederlande. Frankreich wurde aber auf die leichte Schulter genommen, intern war der Streit um Abrundung eigener Gebiete vorherrschend. Am 20.9.1792 zog sich das deutsche Heer mangels Einsatzbereitschaft zurück. Niemand ahnte in diesem Moment, dass sich die französischen Heere wie eine »tosende Flut« nachschieben würden. Frankreich brauchte den Krieg aufgrund innerer Zerwürfnisse. Im Oktober 1792 überschritten die Franzosen den Rhein. Deutsche Kollaborateure, von den revolutionären Ideen begeistert, feierten die Franzosen als Befreier. Am 21.1.1793 wurde König Ludwig XVI. hingerichtet. Bei den Bewunderern der Französischen Revolution trat Ernüchterung ein. Die europäischen Länder England, Spanien und das Heilige Römische Reich Deutscher Nation wollten sich gemeinsam gegen das revolutionäre Frankreich stemmen. Aber die französischen Heere, erstmals aufgrund der allgemeinen Wehrpflicht zu Massen vergrößert und mit auffallender Rücksichtslosigkeit in den Kampf getrieben, siegten.

1794 brach die Verteidigungsfront der Koalition auseinander. Im April 1795 schloss Preußen hinter dem Rücken der Verbündeten mit Frankreich den Sonderfrieden zu Basel, um sich gegen Osten wenden zu können. Preußen gab die Rheinlande preis. Die Österreicher bäumten sich gegen die Franzosen auf; England half. Teile der Rheingegend konnten zurückerobert werden. Doch 1796 brach die Koalition wieder auseinander; Württemberg und Baden schlossen, dem Beispiel Preußens folgend einen Sonderfrieden mit Frankreich ab. Die Franzosen unter den Generälen Jourdan und Moreau drangen durch Süddeutschland in Richtung Wien. Man wollte zusammen mit dem aus Italien vordringenden General Napoleon Bonaparte Wien erobern und das Habsburger Reich sowie das Kaiserreich »unter der Fahne der Revolution begraben«. Napoleon eilte von Sieg zu Sieg. Im süddeutschen Raum dagegen stockte der Angriff. Auch Tiroler, Vorarlberger und Allgäuer waren im Dienste Österreichs in diese Abwehrschlacht eingespannt. Napoleon stand nahezu vor Wien und

Österreich musste diesen 1. Koalitionskrieg durch den Waffenstillstand von Leoben und durch den Frieden von Campo Formio im Jahre 1797 beenden. Das »Heilige Römische Reich Deutscher Nation« wurde aufgestückelt, große Teile gingen an Frankreich. Ein Deputationshauptschluss sollte die deutschen Fürsten für den Verlust der rheinischen Lande aus dem geistlichen Besitz entschädigen. Es begann ein schamloser Handel um Landbesitz.

DIE ZWEITE KOALITION
Inzwischen formierten sich die eigentlichen Mächte Europas zur 2. Koalition gegen das revolutionäre Frankreich. England, die Seele des Kampfes gegen Napoleon verbündete sich mit Russland und Österreich; das Osmanische Reich, Portugal, Neapel und der Kirchenstaat schlossen sich an. Der Krieg dauerte von 1799 bis 1802. Es war die Zeit, in der die Vorarlberger und Westallgäuer die Franzosen in einem heldenhaften Kampf aus ihrem Gebiet drängten. Aber Napoleon siegte weiter. Am 9.11.1799 hatte Napoleon der Revolution ein Ende gemacht. Seine Soldaten hatten die Nationalversammlung *»wie eine Schafherde auseinandergetrieben«.* An der Lage Deutschlands hatte sich jedoch nichts geändert. Napoleon hatte den Krieg und die Eroberung als Erbe übernommen und war weitermarschiert. Der Friede von Lunevill bedeutete für Österreich weitere Gebietsverluste. Der Rhein wurde Frankreichs Grenze. Es begann eine ungeheure Flurbereinigung Deutschlands unter der Oberaufsicht Frankreichs. Durch den Reichsdeputationshauptschluss von 1803 wechselten 4 Millionen Deutsche ihre Staatsangehörigkeit; die geistlichen Territorien verschwanden von der Landkarte. Bayern bekam 843 000 Einwohner für 730 000 und wurde zum Mittelstaat. Diese Staaten wurden nach dem Beispiel Frankreichs zentralisiert, ständische und landschaftliche Rechte wurden eingeebnet und die Staatssouveränität aufgerichtet. Das Reich wurde ausgehöhlt.

Im Mai 1804 machte sich Napoleon zum Kaiser. Alle Welt erkannte ihn an, die Fürsten Deutschlands huldigten ihm. Frankreich sah sich als wahrer Nachfolger des ersten Kaisers des Heiligen Römischen Reiches. 1804 nannte sich der deutsche Kaiser nur noch Kaiser von Österreich. Die Rheinbundstaaten erlebten mit Hilfe Napoleons und der Schaffung eines modernen Staates, der Beseitigung der Zollschranken, der Aufhebung der Zünfte und vielem anderen einen großen Aufschwung

DIE DRITTE KOALITION

Aber es regte sich nationale Opposition. Auch blieb der starke Gegensatz zwischen Frankreich und England bestehen. Die 3. Koalition mit England, Österreich und Russland war in Gründung.. Österreich trat zudem mit Preußen in Verbindung und beriet die Neugestaltung einer deutschen Verfassung; der Norden Deutschlands sollte unter die Führung Preußens, der Süden unter die der Österreicher kommen. Aber Preußen wich aus. Im April 1805 schloss England mit Russland ein Kriegsbündnis. Napoleon musste reagieren. Er bewegte sein Heer an den Rhein und ließ sein diplomatisches Geschick spielen. Bayern, das von Österreich zum Anschluss an die Koalition gedrängt wurde, ließ sich von Napoleon locken und schlug sich auf die Seite Frankreichs. Baden, Hessen-Darmstadt und Württemberg folgten dem Beispiel des bayerischen Kurfürsten. Preußen versäumte es, sich gegen Frankreich zu stellen; es war mit der russischen Armee beschäftigt. Am 2. Dezember 1805 schlug Napoleon die Österreicher und Russen in der Schlacht bei Austerlitz. Im Frieden von Preßburg gab Österreich ganz Italien preis und trat Tirol und Vorarlberg an Bayern, den Schützling von Napoleon ab.

DIE VIERTE KOALITION.

Napoleon griff nach der deutschen Kaiserkrone. Am 19.Juli 1806 wurde der Rheinbundvertrag unterschrieben. Sechzehn deutsche Fürsten bildeten eine Konföderation, die dem unbeschränkten Oberbefehl Napoleons unterstand. Sie erklärten ihren Austritt aus dem Deutschen Reich. Preußen, in den Zeiten der Koalitionskriege passiv und nunmehr alleine, trieb in den Krieg mit Napoleon. Es verbündete sich mit Russland, Großbritannien und Schweden. Preußen verlor die Schlacht bei Jena und Auerstedt am 14. Oktober 1806. Napoleon zog in Berlin ein. Aber diese Niederlage ließ eine neue deutsche Idee entstehen. Das deutsche Volk sah sich gedemütigt. Man wehrte sich innerlich gegen Napoleon, den Franzosen, Kaiser auch über die Deutschen. Die Selbstkrönung Napoleons mit der Krone Karls des Großen galt als Entweihung. Friedrich Schlegel formulierte: *»Europas Geist erlosch; in Deutschland fließt der Quell der neuen Zeit. Die aus ihm tranken, sind wahrhaft deutsch.«*1807 noch schienen die preußisch-russischen Truppen Napoleon in Schach halten zu können, dann aber siegte er doch. Die 4. Koalition war zerbrochen. Zusammen mit Russland teilte er Preußen auf. Der Rest formierte sich unter Staatsminister von Hardenberg neu und legte den Grundstein zu neuer Stärke. Es wurde an einer neuen Volkserhebung gearbeitet.

DIE FÜNFTE KOALITION.
Sie wurde 1809 zwischen Großbritannien und Österreich geschlossen. Es hatten sich inzwischen drei Sorten von Staaten gebildet: Die Rheinbundstaaten, darunter auch das Königreich Bayern und das Königreich Württemberg, die ihre Gebietsabrundungen nach dem Grad ihrer Fügsamkeit und Unterwürfigkeit bekamen. Sie alle wurden nach französischem Recht und nach französischen Verwaltungsgrundsätzen regiert. Die zweite Gruppe waren Staaten, die zwar als selbständige Staaten auftraten, aber unter einem französischen Fürsten standen. Die dritte Gruppe wurde völlig mit Frankreich vereinigt. Daneben existierte das weiterhin selbständige Österreich.
Österreich regenerierte sich. Nach der Niederlage von 1805 hatte man innere Reformen in Angriff genommen. Ein neues Heer, gestützt auf die allgemeine Wehrpflicht wurde geschaffen. Als aus Spanien die Nachricht einer Erhebung des Volkes gegen Napoleon kam, hielt man 1809 in Wien die Zeit zum Losschlagen gekommen. Von Stein in Preußen, der an einen Aufstand der Nation glaubte, sah die Zeit noch nicht reif und hielt sich zurück. Erstmals war Napoleon der Angegriffene. Aber bereits in der ersten Schlacht wurden die Österreicher besiegt und schon stand Napoleon vor Wien, wo allerdings Erzherzog Karl mit 95 000 Mann über ihn hereinbrach. Die Österreicher siegten bei Aspern und Eßling. Doch Österreich

blieb allein. Nur in Bayern flackerte Widerstand auf; Tiroler und Vorarlberger erhoben sich und wollten zu Österreich zurück.

In einem deutschen Geschichtswerk ist zu diesem Aufstand nachzulesen: *»Der Widerstand gegen die bayerische Herrschaft schwelte schon lange. Dem hinterhältig geführten Volkskrieg der Tiroler, die von hohen Bergen herab Felsbröcke wälzten und deren Weiber Überfälle auf die Franzosen verübten und die Gegenwehr der Franzosen als infame Grausamkeit hinzustellen wussten, war am Anfang einiger Erfolg beschieden. Bayern und Franzosen wurden für einige Zeit aus dem Land vertrieben. Andreas Hofer erfocht den legendären Sieg am Berge Isel, den Sieg der stürzenden Felsen über die militärischen Waffen. Zuletzt aber setzte sich doch die militärische Macht durch, und der Aufstand brannte aus.«*

Tatsache ist, dass die alpenländischen Aufständischen schon zu ihrer Zeit europaweit unverhohlene Bewunderung fanden.

Bald nach ihrem Erfolg bei Aspern besiegte Napoleon die Österreicher bei Wagram. Der Friede von Schönbrunn am 14.10.1809 brachte Österreich weitere Gebietsverluste. Trotzdem betonte v. Stein 1811 in Preußen, dass ohne Mitwirkung Österreichs die Befreiung Deutschlands nicht erreicht werden könne.

DIE SECHSTE KOALITION.

Darunter lassen sich der Russlandfeldzug Napoleons und die Befreiungskriege zusammenfassen.

1811 schritt Napoleon zum Krieg gegen Russland. 1812 zog die »Große Armee« aus, eine Fremdenlegion, die sich »Europa« nannte. Als Napoleon am 14. September Moskau erreichte, war die Stadt fast völlig evakuiert. Die Rückkehr wurde zum Untergang.

Preußen vereinbarte mit Russland am 30.10.1812 die Neutralität und gestattete den russischen Armeen den Durchmarsch durch das Land. Der Widerstand gegen Napoleon formierte sich. Eine Welle der Begeisterung und des Idealismus ging durch das deutsche Volk.

Allerdings zwang Napoleon mit seinem neuen Heer Preußen und Russland schon 1813 wieder zum Waffenstillstand. Wer half Preußen? Die

Rheinbundstaaten, mit ihnen Bayern, blieben auf der Seite Napoleons. Seit 1809 war Metternich Außenminister Österreichs, ein eiskalt denkender und lavierender Mann. Er erklärte die Neutralität Österreichs, verlangte aber gleichzeitig von Napoleon, sich über den Rhein zurückzuziehen. Der Rheinbund sollte aufgelöst werden, die deutschen Mittelstaaten sollten jedoch ihre Stellung behalten. Auf die Durchsetzung einer deutschen Idee, einer deutschen Einheit oder eines deutschen Staates konnte Metternich nicht drängen; dazu war Österreich politisch zu schwach. Auch persönlich war Metternich nicht daran interessiert. Weiter erklärte Österreich seinen Kriegseintritt und die Koalition mit Preußen und Russland, falls Napoleon bis zum 20.7.1813 nicht zustimmen sollte. Napoleon antwortete: *»Sie wollen also Krieg? Nun, Sie sollen ihn haben. Ich habe die preußische Armee bei Lützen vernichtet, die Russen bei Bautzen zerschmettert und nun wollen Sie an die Reihe kommen. Sehr schön.«*

Am 12.8. begann der Kampf. Österreich stand auf der Seite Preußens und Russlands. In der Völkerschlacht von Leipzig vom 16. bis 18. Oktober 1813 neigte sich die Waage gegen Napoleon. Es standen 210000 Franzosen, 310000 Alliierten gegenüber. Die Österreicher, Preußen, Russen und Schweden siegten. 1814 brach Napoleons Macht zusammen.

Die Napoleonischen Kriege dauerten circa 23 Jahre und hatten den Tod von rund 6,5 Millionen Soldaten und Zivilisten zur Folge.

Es tagte der Wiener Kongress. Das Heilige Römische Reich Deutscher Nation war untergegangen. Man schuf einen Notbau, den »Deutschen Bund«, eine Konstruktion, die in der Zukunft erst wieder mit der deutschen Idee ausgefüllt werden musste. Die Deutschen waren auf ihrer Suche nach einem neuen Deutschland noch nicht fündig geworden.

VI. ÖSTERREICHISCHE POLITIK

Selbstverständlich war die österreichische Politik wesentlicher Teil der europäischen Politik und in diese eingewoben. Aber es erscheint für das Verständnis wichtig, prägnante Schlaglichter herauszuheben, auch auf die Gefahr hin, dass sich geringfügige Wiederholungen nicht vermeiden lassen.

Der Friedensvertrag von Pressburg vom 26.12.1805 als Folge der Niederlage der dritten Koalition lautete:

»*Die Markgrafschaft Burgau und was dazu gehört, das Fürstenthum Eichstädt, denjenigen Theile des Gebietes von Passau, der Sr. Königlichen Hoheit, dem Kurfürsten von Salzburg gehörte, und zwischen Böhmen, Österreich, der Donau und dem Inn gelegen ist, ferner die Grafschaft Tyrol mit Inbegriff der Fürstenthümer Brixen und Trient; die sieben Herrschaften im Vorarlbergischen mit ihren Inklavirungen, die Grafschaft Hohenembs, die Grafschaft Königsegg-Rothenfels, die Herrschaften Tetnang und Argen und die Stadt Lindau nebst ihrem Gebiete*« sind an Bayern abzutreten.

Die Ära Vorderösterreichs war damit beendet, die Alpenländer waren bayerisch geworden.

Der Friede von Schönbrunn vom 14.10.1809 als Folge der Niederlage der fünften Koalition war für Österreich eine weitere Schmach.
Man verlor Salzburg mit Berchtesgaden, das Innviertel und einen Teil des Hausruckviertels, Westgalizien mit Krakau, das westliche Kärnten, die Grafschaft Görz, die Stadt Triest, Istrien, Krain und einen großen Teil Kroatiens.

Der Traum von einer Führungsrolle in einem deutschen Staat war damit erst mal ausgeträumt. Der österreichische Kaiser wandte sich ohnehin gegen diesen Volksgeist der Romantik und besann sich wieder auf das Althergebrachte. Auch das Schicksal von Tirol und Vorarlberg schien endgültig besiegelt. Die Hinrichtung Andreas Hofers in Mantua konnte nicht verhindert werden. Tiroler Flüchtlinge, wie Speckbacher und Haspinger trafen sich in Wien, aufgefangen von der schon erwähnten Hofkommission, die 1810 entstand und von Hofrat Freiherr von Hormayr und Kreishauptmann von Roschmann verwaltet wurde. Man spann Fäden nach Tirol und Vorarlberg. Dort registrierte man hohe Unzufriedenheit, insbesondere im Etschdepartment.

POLITIK DES KAISERLICHEN ÖSTERREICHS

Nach dem Frieden von Schönbrunn wählte Kaiser Franz I. bzw. Minister Metternich den Weg der Verständigung mit Napoleon. Insbesondere Metternich zeigte sich als Meister des Lavierens.

Kurz zur Person Kaiser Franz I.:
Franz II./ I. Joseph Karl wurde am 12.2.1768 in Florenz geboren und war Mitglied des Hauses Österreich. Er war der letzte Kaiser des Heiligen Römischen Reiches Deutscher Nation und von 1804 bis 1835 als Franz I. Kaiser von Österreich. Von 1792 bis 1835 war Kaiser Franz I. zudem König von Böhmen, Kroatien und Ungarn.

Kurz zur Person Metternich:
Lothar Graf von Metternich-Winneburg zu Beilstein wurde am 15.5.1773 in Koblenz geboren. An der Universität Mainz studierte er Rechts- und Staatswissenschaften. Im Jahre 1791 wurde er Minister der österreichischen Niederlande. Am 8.10.1809 wurde er Außenminister in Wien. *»Er stand als führender Politiker für das monarchische Prinzip und bekämpfte nationale und liberale Bewegungen.«*

Beide wollten das Wohlwollen und das Vertrauen Napoleons gewinnen. Vermieden werden sollte eine weitere Sympathisierung mit Freiheitsbewegungen oder Kontakte mit preußischen und alpenländischen Emigranten. Dafür wurde ein polizeilicher Staatssicherheitsdienst geschaffen.

49

Das Anliegen war, die Wiener Politik rigoros gegen die Volksmeinung durchzusetzen. Die Zensurschraube wurde strenger angezogen, das Polizei- und Spitzelwesen ausgebaut. Es entstand ein sogenannter *»Polizeiabsolutismus«*.

Man war also versucht, im Hinblick auf die französisch-russischen Spannungen neutral zu bleiben. Ganz Europa wartete auf den nächsten Krieg; Österreich wollte sich durch sein Lavieren eine günstige Ausgangsposition für zukünftige Neuverteilungen sichern. Ende November 1811 sah sich Metternich allerdings schließlich genötigt, doch mit Napoleon gegen Russland zu kooperieren. Am 14.3.1812 wurde der Bündnispakt mit Frankreich geschlossen. Am 28.5.1812 wurde das österreichische Korps gegen Russland in Marsch gesetzt. Im Dezember kehrte man angeschlagen nach Galizien zurück. Napoleons Armee war vernichtet. Im Gegensatz zu Preußen – dort wollte man endgültig die Freiheit und Unabhängigkeit von Napoleon erringen – blieb in Wien alles beim Alten. Metternich verharrte auf seinem eingeschlagenen Weg, man blieb weiter »aktiv neutral«. Daneben versuchte Wien zwischen den streitenden Parteien einen Kompromiss herbeizuführen. Schließlich ging man von der *»aktiven Neutralität«* zur *»einfachen Neutralität«* über und schloss am 30.1.1813 mit Russland einen Waffenstillstand. Aber der Kriegswille Napoleons zwang das österreichische Kaiserhaus zu den Waffen (die sechste Koalition). In der Völkerschlacht zu Leipzig stand Österreich mit Preußen und Russland auf der Siegerseite.

DAS ÖSTERREICH IM UNTERGRUND

Natürlich gab es in diesen Jahren auch ein »Preußen im Untergrund« oder ein »Bayern im Untergrund«, die nachfolgenden Ausführungen werden es erweisen. Allein »Österreich im Untergrund« soll ein eigener Abschnitt gewidmet werden, da Österreich bzw. Wien die Zentrale der Verschwörung Alpenbund war.

Das »*heimliche Österreich*« (nach Klier) fand man vor allem im Alpenland. Es war keineswegs isoliert, es hatte schon frühzeitig geheime Verbindungen zu England, also London und Malta aufgenommen. Vor allem die Länder Tirol und Vorarlberg litten unter den Folgen des Schönbrunner Friedens. Englische Agenten meldeten 1810 ihrem Heimatland, dass die Alpenländer »are ready to rise« bzw. »*I have*«, so Cruickshank, »*of course to deklare to Your Lordschip in Mr. Horns's Name, that an Insurrektion of a very considerable Extent is on the Point of breaking ut against the French Tyranny. The Countries nature und ready to join their utmost Efforts to this Purpose are: Switzerland with very few Exeptions, Vorarlberg and Part of Swabia, Tyrol and the Part of Salzburg called High-Salzburg, all the North of Italy down to the Po desides the Dipartimento della Stura? and the Illyrian Provinces without Exeptions*«.

Es waren die englischen Agenten Johnson, Horn, Cruickshank und King, die die alpine Aufstandsidee schürten.

Die alpenländischen Flüchtlinge und Emigranten – Kämpfer der Jahre 1802 und 1809 – verfolgten die Taktik Metternichs bzw. des habsburgischen Kaiserhauses mit steigendem Unwillen. Sie kontaktierten 1810 mit England, das die Führungsrolle im Kampf gegen Napoleon übernommen hatte. Es stellte allen Gegnern Napoleons in Europa reiche Geldmittel zur Verfügung. Nicht nur Tirol und Vorarlberg sollten unterstützt werden, auch die illyrischen Provinzen. Diese zögerten aber, da sie sich nicht mindestens der Neutralität Wiens sicher waren. Letztlich war auch England nicht davon überzeugt, dass das habsburgische Österreich den Aufstand unterstützen werde. Dazu erschien Metternichs Politik zu konträr. Wien selbst erfuhr erst später von den Befreiungsplänen und gab sich brüskiert. Auf die in Graz und Klagenfurt verbliebenen Tirolern sollte besonderes Augenmerk gelegt werden. Die staatspolizeilichen Sicherheitskräfte wurden aktiviert.

Daneben agierte Erzherzog Franz, der Bruder der österreichischen Kaiserin. Auch er forcierte den Widerstandsgedanken in der Schweiz, Tirol, Illyrien und in den Ostalpen. Von Malta aus – er war nach Sardinien ausgereist, um dort seine Nichte, die Tochter Königs Viktor Emanuel zu treffen – nahm er mit englischen Agenten Kontakt in Sizilien und Spanien auf. Aber auch diese Pläne wurden nicht in die Tat umgesetzt, die erhofften Geldleistungen aus England blieben aus.

1811, als die Spannungen zwischen Frankreich und Russland immer größer wurden, orientierten sich die alpenländischen Patrioten nach Russland. Christian Graf Leiningen-Westerburg, der an der Seite Andreas Hofers gekämpft hatte, spielte dabei eine maßgebliche Rolle. Wien wurde im Juni 1812 von der französischen Regierung dahin aufgefordert, Aufstandstätigkeiten dieser Art zu unterbinden. Verhaftungen wurden durchgeführt, aber Wien versuchte im Interesse guter Beziehungen zu Napoleon zu bagatellisieren. Graf Leiningen wurde nach Ungarn ausgewiesen, der ebenfalls beteiligte Schweizer de Salis nach Pressburg.

Dieses Österreich im Untergrund war das Vorspiel zur Verschwörung Alpenbund, die im einzelnen anhand der Hauptfiguren Freiherr von Hormayr, Erzherzog Johann, Dr. Schneider, von Gagern, von Reisach-Steinberg und von Roschmann beschrieben werden wird.

VII. BAYERISCHE POLITIK.

Der Kurfürst Max Theodor war im Februar 1799 gestorben. Der neue Kurfürst Max IV. Joseph, geboren 1756 in Zweibrücken war zum Erben dieses damals bereits faktisch an die Franzosen abgegebenen Herzogtums geworden. Er trat seine Regentschaft 1799 an. Zu diesem Zeitpunkt war seine Pfälzer Heimat schon von den französischen Revolutionsarmeen besetzt. Seine französische Erziehung bestimmte seine Regentschaft 1805 bis 1813. Er war kein Herrschertyp und stand damit ganz unter dem Einfluss des Grafen Montgelas, einem radikal aufklärerischen Staatsmann und Sohn eines aus Französisch-Savoyen stammenden bayerischen Generals. Montgelas schwärmte für die französische Kultur und Sprache und fürchtete österreichische Annexionsabsichten; Reichspatriotismus kannte er keinen. Er war bayerischer Finanzminister von 1803 bis 1806 und von 1809 bis 1817, Außenminister von 1799 bis 1817 und Innenminister von 1799 bis 1817.

Hauptpunkte von Montgelas' Programm von 1796 waren:
»Eine Reorganisation der Zentralregierung mit strenger Trennung der Kompetenzen nach dem Ressortprinzip, darunter einem Generaldirektorium nach preußischem Vorbild, die Schaffung eines neuen, fachlich vorgebildeten, vom Staat ausreichend besoldeten, nicht mehr korrupten und nicht mehr von Sporteln und Gnadengeschenken abhängigen Beamtentums, ferner Gleichheit der Besteuerung, also Aufhebung der teilweisen Steuerbefreiung der privilegierten Stände, Abschaffung der Binnenzölle – Montgelas wollte hierdurch nach dem Vorbild des revolutionären Frankreich einen einheitlichen Binnenwirtschaftsraum schaffen –, eine neue Verwaltungseinteilung, die vor allem von Frankreich inspiriert war, eine Reform der Landschaftsverfassung, Abschaffung der Fronarbeit und Fixierung der anderen Leistungen und Abgaben an die Grundherren, Reform der niederen Gerichtsbarkeit, des Zivilrechts und Humanisierung des Strafrechts. Montgelas schlug ferner vor: Einführung der Toleranz, staatliche Kontrolle über die Verwaltung der kirchlichen Stiftungen aller Konfessionen, Aufhebung der Klöster der Bettelorden, Verbesserung des Pfarreisystems

sowie der Ausbildung der Geistlichen, über die der Staat eine Art Aufsicht erhalten sollte, Reform der Universitäten und Schulen, besonders der Volks-schulen. …Auch die äußere Umformung der aus mehreren getrennten Fürsten-tümern bestehenden alten pfalz-bayerischen Ländermasse zu einem modern verwaltbaren und nach der Intention von Montgelas mit einem einheitlichen Staatsbewusstsein zu erfüllenden großen Mittelstaat mit Hilfe von abrunden-den Erwerbungen in Franken und Schwaben hatte Montgelas bereits 1797, vor Beginn des Rastatter Kongresses entworfen.«

So wird das Programm Montgelas' in der Literatur beschrieben; politische Absichtserklärungen, die zum Teil auch durchgesetzt wurden. In der Art und Methodik der Durchsetzung zeigte Montgelas allerdings nicht das notwendige Geschick. Ab 1810 nahm die Kritik und der Widerstand gegen Montgelas unter der Führung des Kronprinzen und späteren bayerischen König Ludwig stetig zu.

Während des 2. Koalitionskrieges (1799 bis 1802) stand Österreich mit 109.000 Soldaten im Lande; demgegenüber waren die 15.000 bayerischen Soldaten in kaiserliche Einheiten aufgeteilt. Weite Kreise Bayerns – Teile des Bürgertums und die Beamtenschaft – standen den Österreichern miss-trauisch gegenüber und sympathisierten mit den Franzosen. 1799/1801 gab es jakobinische Bestrebungen zur Revolutionierung Bayerns, die jedoch nicht durchschlugen.

Aufgrund des Reichsdeputationshauptschlusses vom 25.2.1803 erhielt Bayern bekanntlich die Hochstifte Würzburg, Bamberg, Augsburg und Freising, den jeweils kleineren Anteil an den Hochstiften Eichstätt und Passau und vom Erzstift Salzburg die Enklave Mühldorf, dazu 13 Reichs-abteien und 15 Reichsstädte in Schwaben und Franken, so auch die Fürst-abtei Kempten und die Reichsstadt Kempten.

Am 25.8.1805 (Zeit der dritten Koalition) unterzeichnete Montgelas mit Ermächtigung des Kurfürsten den Friedensvertrag von Bogenhausen zwischen Bayern und Frankreich. Montgelas hatte dem Kurfürsten eröffnet, zwischen Österreich und Frankreich wählen zu müssen. Er verwies auf, von ihm befürchtete Annexionsabsichten Österreichs und auf den Nutzen für eine moderne Verwaltungsreform. Der bayerische Kurfürst selbst hatte sich schon 1799 gegenüber dem französischen Gesandten Alquier als Franzose bezeichnet.

Am 24.10.1805 zog Napoleon, nachdem er den österreichischen General Mack bei Ulm geschlagen hatte in München ein, wo er freundlich empfangen wurde. Am 2.12. siegte Napoleon bei Austerlitz gegen Österreich; die bayerische Armee soll sich dabei ausgezeichnet haben.

Am 10.12.1805 wurde der französische-bayerische Vertrag von Brünn geschlossen. Es wurde schon im Detail ausgeführt, dass in Folge Österreich an Bayern Burgau, Tirol, Vorarlberg, Königsegg-Rothenfels usw. abtreten musste (Friede von Preßburg vom 26.12.1805). Gleichzeitig durfte sich der Erzherzog nunmehr König von Bayern nennen.

Nach zähen Verhandlungen entschloss sich der König, seine älteste Tochter Auguste dem Stief- und Adoptivsohn Napoleons, Eugen Beunharnais, Vizekönig von Italien, zur Ehefrau zu geben.

Am 12.7.1806 unterzeichnete Bayern die Rheinbundakte. Der Beitritt brachte Bayern die Mediatisierung weiterer schwäbischer und fränkischer Reichsritterschaften und Fürstentümer.

1806 kündigte sich in Bayern ein Stimmungsumschwung gegenüber den Franzosen an. Nur die Altbayern glaubten noch, die Franzosen zum Schutz gegen Österreich zu brauchen. Im gleichen Jahr kämpften die Bayern zusammen mit den Franzosen gegen die Preußen (die vierte Koalition).

1807 stellte sich das Königtum gegen eine verfassungsmäßige Ausgestaltung des Rheinbundes.

Das Verhältnis zu Österreich blieb gespannt. Man war mit Napoleon liiert und die Österreicher wurden als deutsche Befreiungskämpfer betrachtet. Im April 1809 (die fünfte Koalition) kämpften Franzosen und Bayern bei Landshut gegen die Habsburger.

Es erhob sich Tirol, etwas später Vorarlberg. Die bayerische Verwaltung war bei der Aufgabe, Tiroler und Vorarlberger zu gewinnen, vollkommen gescheitert. *»Der Aufstand gegen München entwickelte sich zum ersten Volkskrieg großen Stils im deutschsprachigen Raum seit dem Bauernkrieg 1525«.* Innerhalb von vier Tagen (9. bis 13. April 1809) gelang es den Tirolern ganz Tirol außer Kufstein von Franzosen und Bayern zu befreien. Bis zum 13. Mai hatten die bayerischen Divisionen von Wrede und Deroy unter Oberbefehl von Marschall Lefebvre Innsbruck wieder besetzt. Am 25. Mai griffen die Tiroler unter Andreas Hofer wieder an und siegten am 29. in der dritten Schlacht am Berg Isel. Nach dem 12. Juli setzte Napoleon dann 40.000 Mann Rheinbundtruppen von drei Seiten gegen Tirol in Marsch. Mit der vierten Schlacht am Berg Isel am 13. zwangen die Tiroler das Heer wieder aus dem Land. Von Mitte August bis Oktober 1809 herrschte Hofer in Tirol. Erst mit der fünften Schlacht am Berg Isel am 1.11. wurde der Aufstand beendet.

Am 22.4.1809 erging der Aufruf der Tiroler an die Vorarlberger zur allgemeinen Erhebung. Die Bevölkerung mobilisierte sich. Riedmiller besetzte – unterstützt von zahlreichen Vorarlbergern bzw. Westallgäuer Landesschützen – die bayerischen Amtsstuben in Bregenz. Am 9.4. beschlossen die ehemaligen Stände die Landesverteidigung. Am 19.5. wurde Dr. Anton Schneider zum Leiter der zivilen Verwaltung gewählt. Der Aufstand zog in Kürze weite Kreise. Die Freiheitskämpfer zogen nach Lindau, Weiler, Oberstaufen, Immenstadt, Sonthofen, Hindelang und Oberstdorf. In Immenstadt fanden sich 5000 Bauern ein, um den Aufstand zu unterstützen. Auch in den anderen Orten fanden die Aufständischen zahlreiche Sympathisanten. Kurzzeitig wurde der Widerstand von bayerischen und französischen Truppen eingedämmt. Die Freiheitskämpfer formierten sich erneut. Es gelang ihnen zeitweise Kempten, die bayerische Hauptstadt des Illerkreises, zu besetzen. Der bayerische Generalkommissär von Merz flüchtete. Kempten wurde anschließend von 5.000 bayerischen und französischen Soldaten wieder zurückerobert. Am 17.7. griffen Tausende von Vorarlberger und Westallgäuer erneut Kempten an, wurden aber blutig zurückgeschlagen. Dr. Schneider war inzwischen – nach Rücksprache mit Freiherr von Hormayr in Tirol zum Generalkommissär von Vorarlberg bestellt worden. Dr. Schneider erkannte, dass die Aufständischen letztlich keine Chance gegen ihre Besatzer hatten und wollte einen Waffenstillstand erreichen. Das Vorarlberger Volk teilte sich in zwei Lager. Der Landtag beschloss am 25. Juli die Fortsetzung des Kampfes. Am 5. August erschien das bayerische Amnestiegesetz. General Beaumont griff zur gleichen Zeit Vorarlberg vom Inntal an. Am 7. August streckten die Freiheitskämpfer die Waffen.

Währenddessen war auch Österreich bei Wagram am 5./6. Juli besiegt worden (die fünfte Koalition).

Es folgte der bekannte Frieden von Schönbrunn vom 14.10.1809 mit weiteren Gebietsabtretungen Österreichs an Bayern.

Ab 1808 schon hatte sich in München das Unbehagen und Misstrauen gegenüber Napoleon gesteigert. Auch Napoleon ließ erkennen, dass sich das anfänglich gute Verhältnis abgekühlt hatte. Es war dann der russische Feldzug, der Napoleon und Frankreich in der öffentlichen Meinung Bayerns die letzten Sympathien raubte. Immerhin hatte Bayern dafür ein Kontingent von 33.000 Mann zu stellen, von denen nur noch 3000 Mann zurückkamen.

Am 7.4.1813 verlangte der preußische König den sofortigen Anschuss Bayerns an die Verbündeten (die sechste Koalition), ansonsten werde er Ansbach und Bayreuth zurückverlangen. Auch in Tirol drohte – wie wir wissen – ein neuer Aufstand, in Vorarlberg schien er bereits im Gange. Montgelas ließ sich von Metternich dahin beeinflussen, keine Truppen mehr für Napoleon zur Verfügung zu stellen; dafür erklärte Metternich, dass Österreich an eine Annexion Bayerns nicht denke.

Am 8.10.1813 schloss Österreich mit Bayern einen Vertrag, wonach Bayern den Rheinbund verlässt und sich am Krieg gegen Napoleon mit mindestens 36.000 Mann beteiligt. Demgegenüber wurde Bayern volle Souveränität und volle Entschädigung für alle Gebietsabtretungen an Österreich garantiert. Montgelas bzw. München musste zähneknirschend zustimmen. Die sogenannte »deutsche Idee« war ihm suspekt.

Nach der Niederlage und Abdankung Napoleons wurde zwischen Bayern und Österreich im Juni 1814 vereinbart, dass das bayerische Königshaus Tirol und Vorarlberg – ohne das Landgericht Weiler und ohne die ehemalige Grafschaft Königsegg-Rothenfels bzw. Landgericht Immenstadt – an Österreich zurückgibt, zudem Berchtesgaden und das Innviertel.

1817 wurde Minister Montgelas entlassen. Kronprinz Ludwig – er wurde 1825 König von Bayern – war maßgeblich am Sturz von Montgelas beteiligt. Er war schon zu der Zeit in Gegnerschaft zu ihm gestanden, als er noch Generalkommissär des Inn- und Salzachkreises war.

VIII. SCHWEIZER POLITIK

Am 19.2.1803 übergab Napoleon die sogenannte Vermittlungsakte (Acte de Mediation), die alle Kantonsverfassungen und die Bundesverfassung enthielt. *»Die Anbindung der Schweiz als Quasi-Protektorat an Frankreich wurde am 27.9.1803 durch den Abschluss einer Militärkapitulation und einer Defensivallianz zwischen beiden Staaten bekräftigt.«* Damit wurde die Schweiz Teil der französischen Allianz in Europa. 1810 besetzte Frankreich das Tessin und annektierte das Wallis. Dies sowie rigorose Truppenaushebungen für die französische Armee führten zunehmend zu einer schweren Belastung der Beziehungen zwischen der Schweiz und Frankreich. Dazu entstand während der Mediation – so wird die politische Zeit der Schweiz zwischen 1803 bis 1813 genannt – ein ausgeprägtes Schweizer Nationalbewusstsein. *»Höhepunkte des nationalen Lebens bildeten die Unspunnenfeste 1805 bis 1808, wo das schweizerische Selbstbild eines Volkes von Hirten, des einfachen Berglebens und der Freiheit präsentiert wurde.«*

Mitte 1810, als der Schweizer de Salis für den Alpenbund tätig wurde, hatte Napoleon die Schweiz durch Förderung des staatlichen Zentralismus gegen die Kantonalgewalt in das Schlepptau Frankreichs gebracht. Durch seine rücksichtslose Ausbeutung des Landes hatte er den Widerstandsgeist der Bevölkerung ausgelöst. *»O Wilhelm Tell erwache wieder und schiesse Frankreichs Gessler nieder.«* Sogar bei den Behörden der Schweiz herrschte feindselige Stimmung, auch gegen Bayern.

Als Revolutionsterritorien kamen St. Gallen, Appenzell und Graubünden in Betracht. Das Adelsgeschlecht de Salis stammte aus Graubünden.

Auch war die österreichische Herrschaft Rhäzüns in Graubünden seit 1497 habsburgisch. Politisch war dies für Österreich seit jeher interessant, weil der habsburgische Freiherr von Rhäzüns die Politik der Drei Bünde in Graubünden mitbestimmen konnte. Ab 1782 unterstand er der Regierung in Innsbruck. 1803 annektierte Napoleon das Land und integrierte es in den neu gegründeten Kanton Graubünden bzw. in die Schweizer Eidgenossenschaft. Es gab Teile in der Bevölkerung, die sich dagegen wehrten, auch gegen eine versuchte Inbesitznahme durch Bayern, das irrtümlich davon ausgegangen war, dass Rhäzüns zu Vorarlberg gehöre.

IX. DIE HAUPTFIGUREN DER VERSCHWÖRUNG ALPENBUND.

Der harte Kern der Verschwörung war in Wien.

Wien zeigte noch die Spuren der Invasion Napoleons vom 13.5.1809; er war mit etwa 90.000 Mann am rechten Ufer der Donau gestanden. Erzherzog Karl hatte ihn zurückgeschlagen. Zerstörte Abwehrwälle, Anlagen und Gebäude waren zu sehen. Entlassene und verwahrloste Soldaten strichen durch die Straßen. Wien war ein Schmelztiegel und ein Umschlagplatz für zweifelhafte Gestalten geworden. Einerseits herrschte Armut, andererseits die Gier nach kostspieligen Vergnügungen und Lustbarkeiten.

1. JOSEPH FREIHERR VON HORMAYR

Wo ich geh und steh,
Thuat mir's Herz so weh,
Um mein Steyermark, das glaubt's mir g'wiß
Dort, wo's Stutzerl knallt,
Und der Gamsbock fallt,
Wo mein guater Herzog Johann iß!
(1. Strophe des Erzherzog Johann Jodlers)

Joseph Freiherr von Hormayr wurde am 20.1.1781 in Innsbruck als Sohn einer altadeligen Tiroler Familie geboren. Nach dem Vorbild seines Großvaters, der in Tirol Kanzler und Rechtsgelehrter gewesen war, studierte er an der Universität Innsbruck Rechtswissenschaften. Mit erst 15 Jahren vollendete er sein juristisches Studium. Er galt als Wunderkind. Er wurde Praktikant am Stadt- und Landgericht in Innsbruck, anschließend diente er in der Tiroler Landwehr. 1801 erhielt er einen Posten im Außenministerium in Wien. Ab 1802 war er Hofsekretär in der Staatskanzlei, 1808 wurde er »wirklicher Director des geheimen Staats – Hof – und Hausarchivs«, 1809 »wirklicher Hofrath«.

Hormayr traf mit Erzherzog Johann bereits anlässlich der Vorbereitungen für die Befreiungskriege Ende 1808 und 1809 zusammen. Als Generalintendant und politischer Mentor des Erzherzogs machte er sich der Sache des Aufstandes in Tirol gegen Bayern und Franzosen äußerst verdient. Er war auch Kontaktmann zu Dr. Anton Schneider, der dem Aufstand in Vorarlberg vorstand.

Nach der Niederschlagung des Aufstandes war er maßgebliches Mitglied der vom Kaiser eingerichteten Hofkommission für Tiroler und Vorarlberger in Wien. Dort traf er mit den Tiroler Emigranten wie Speckbacher, Haspinger, Eisenstecken, von Wörndle und anderen zusammen. Nach der Erschießung des Andreas Hofer in Mantua war Freiherr von Hormayr für diese altgedienten Widerstandskämpfer der politische Kopf geworden. Kaum verloren, sollte weiter an der Befreiung Tirols gearbeitet werden. Hormayrs Haus galt als »Revolutionskabinett«, in dem man sich treffen und Befreiungspläne schmieden konnte.

Bereits 1810 nahm Freiherr von Hormayr Kontakt zu Karl August Graf von Reisach-Steinberg auf, bayerischer Generalkommissär des Illerkreises – Hauptstadt Kempten –, der nach Hormayrs eigenen Worten *»der deutschen Sache von jeher, selbst wo er Mühe und Gefahr, geschweige denn den mindesten Nutzen davon hatte, jederzeit treu ergeben war.«* Von diesem erhielt er ständig Nachrichten über bayerische und französische Besatzungstruppen sowie über die Stimmung in Tirol, Vorarlberg, im Allgäu und Teilen der Schweiz, auch über militärische Aktionen und Verhaftungen. Es spricht alles dafür, dass er diesen Kontakt zu Graf von Reisach-Steinberg Dr. Schneider verdankte, der Ende 1810 aus Vorarlberg bzw. dem bayerischen Illerkreis nach Wien gekommen war.

Im Hause von Hormayers wurde der Alpenbund gegründet, wohl im Sommer 1811.

Soweit in der Literatur die Meinung vertreten wird, dass Freiherr von Hormayr unzweifelhaft der geistige Urheber der Alpenbundbewegung gewesen sei, kann dem nicht uneingeschränkt gefolgt werden. Immerhin bedurfte es erst des Dazukommens von Dr. Schneider Ende 1810. Reichsfreiherr Hans von Gagern traf erst im März 1812 auf die beiden. Jedenfalls war Freiherr von Hormayr der Initiator eines weiten und feingesponnenen Agentennetzwerkes. Er nutzte sein Amt als offizielle Kontaktperson zu den Tiroler und Vorarlberger Emigranten und flocht Verbindungen z.B. auch zu Louis Graf von Reisach-Steinberg, dem Bruder von Karl August Graf von Reisach-Steinberg. Dieser berichtete über die Stimmung der Bevölkerung der Altbayern. Weiter gewann er Graf Johann de Salis für den Raum Schweiz, auch im Hinblick auf dessen guten Beziehungen zu den englischen Agenten. Darüberhinaus gewann er Monsignore Verhovacz, Bischof von Agram für den Raum Illyrien. Hormayr stand auch bald mit dem englischen Agenten King in Kontakt und forderte finanzielle Hilfe für den Alpenbund; auf Schweizer Bankhäuser sollte zurückgegriffen werden. King leitete das Anliegen auftragsgemäß an London weiter, von dort kam jedoch nur eine zögerliche Reaktion, dies obwohl King die Einwohner der Alpenländer als »extremely impatient to rise« bezeichnete. Hormayr zog sich von de Salis zurück, der im übrigen im Oktober 1812 auf Initiative des Kaiserhauses nach Preßburg ausgewiesen wurde. Dafür nahm er Fühlung zu den Russen auf und fand interessiertes Echo. Ludwig Graf Wallmoden wurde zum neuen Ansprechpartner.

Wallmoden hatte mit Auszeichnung an der Schlacht bei Wagram teilgenommen. Nach dem Wiener Frieden wurde er zum Feldmarschall-Leutnant befördert und als Divisionär nach Böhmen versetzt. 1813 trat Wallmoden in die Dienste der russischen Armee.

Wallmoden bot sich als militärischer Berater des Alpenbundes an und wurde aufgrund der Bemühungen Hormayrs dessen militärischer Kopf.

Hormayr wusste diese Aktionen gerade in Verbindung mit seinem offiziellen Amt in der Hofkommission gut zu verschleiern. Er vermochte nicht nur die Metternichsche Polizei abzulenken und in die Irre zu führen, sondern auch die bayerischen Ermittler, die von Montgelas ausgesandt waren.

Seine entscheidende Maßnahme war, Erzherzog Johann für den Alpenbund zu gewinnen. Anfangs 1812 stellte ihm Freiherr von Hormayr folgendes Grundmuster vor: Tirol sollte sich wie 1809 aus sich selbst heraus mit Hilfe des Habsburger Kaiserhauses befreien, aus England sollten nur finanzielle Mittel kommen, keine militärischen und Erzherzog Johann sollte an der Spitze dieses Aufstandes stehen. Johann war einverstanden. Er war auch dann noch mit seiner Führungsrolle einverstanden, als er vom gesamten Umfang der Alpenbundbewegung erfuhr, also vom Aufstand in Tirol, Vorarlberg, Salzburger Berge, Schweiz und Illyrien, dies auch mit Waffenhilfe Englands.

Hormayr ging den englischen Agenten King, der mit dem englischen Minister Castereagle in Verbindung stand, nochmals um Geld an. King meldete an Wallmoden, dass er sich bei seiner Regierung in England energisch für die Sache des Alpenbundes einsetzen werde. Nach England berichtete King: »*Da mir Erzherzog Johann durch General Wallmoden die positivsten und unzweideutigsten Versicherungen hat geben lassen, daß er sich an die Spitze der Insurrection in Tyrol und im südlichen Deutschland stellen werde,*« wolle er ihm 20.000 bis 30.000 Pfund vorschießen. »*Da die Gegenwart einiger unsriger Kriegsschiffe an der nördlichen Küste des adriatischen Meeres bey dieser Gelegenheit von grossem Nutzen seyn kann, so werde ich unverzüglich die nöthigen Berichte darüber an den auf jener Station kommandierenden Offizier abschicken.*«

Hormayr blieb der Motor der Bewegung. Er machte seinen Einfluß geltend und beruhigte Erzherzog Johann. Er erklärte diesem, dass es nur vernünftig und pflichtgemäß sei, den Aufstand hinter dem Rücken des kaiserlichen Hofes in die eigene Hand zu nehmen. Er konferierte weiterhin laufend mit King, um sich Geldmittel aus England zu sichern. Auch verfasste er Flugschriften, die in den Alpenländer verteilt werden sollten. Als im Februar/März 1813 durchsickerte, dass Kaiser Franz I. und Metternich von der Existenz des Alpenbundes erfahren hatten, versuchte er alles, um den polizeilichen Staatssicherheitsdienst unter Hager, der damals zum Präsidenten der Polizeihofstelle in Wien ernannt worden war, in die Irre zu führen und drängte auf beschleunigte Umsetzung der geplanten Aktionen.

2. ERZHERZOG JOHANN

Wer die Gegend kennt,
Wo man's Eisen z'rennt,
Wo die Enns daher rauscht durch das Thal,
O, vor lauter Lust
Schlagt am da die Brust,
Wie Alles lebt so lusti überall!
(2. Strophe des Erzherzog Johann Jodlers)

Erzherzog Johann von Österreich wurde als 13. Kind des Großherzogs Leopold von Toskana und dessen Ehefrau Maria Ludovica von Spanien am 20.1.1782 in Florenz geboren. Der österreichische Kaiser Franz I. war sein Bruder. Er wuchs mit der italienischen Sprache auf, erst später lernte er deutsch. Schon früh für die militärische Laufbahn bestimmt, zeigte er auffallendes Interesse an der Landwirtschaft und an der alpenländischen Natur. Als Dreizehnjähriger wurde ihm das Dragoner-Regiment Nummer 1 zugeteilt. Als Achtzehnjähriger war er Kommandant über eine Armee. Er verlor am 3.12.1800 die Schlacht bei Hohenlinden bei München gegen die Franzosen. Auch 1805 kämpfte er erfolglos gegen Franzosen und Bayern (die dritte Koalition). Es entstand seine Liebe zu Tirol. Zu seinem Entsetzen musste Österreich im Frieden von Preßburg Tirol und Vorarlberg an Bayern abgeben. 1808 organisierte er in Tirol und Innerösterreich die Landwehr für den Volkskrieg gegen Napoleon und unterstützte 1809 den alpenländischen Freiheitskampf. Er wurde zum Idol der alpenländischen Bevölkerung. Schon damals hatte er enge Verbindungen zu Freiherr von Hormayr. Der wiederum stand im engsten Kontakt zu Andreas Hofer. Der Freiheitskampf wurde bekanntlich niedergeschlagen.

Erzherzog Johann suchte Trost in der Zuneigung, die ihm die Tiroler und Vorarlberger entgegenbrachten. Er zog sich in die Steiermark zurück, wo er als Privatmann als der große Modernisierer in die Geschichte einging und für die Steirer zur Identifikationsfigur schlechthin wurde. Daneben war er auch Befehlshaber der Landwehr. Ansonsten hatte ihn der kaiserliche Hof in Wien sozusagen abserviert. Johann war voller Selbstvorwürfe hinsichtlich der Niederlage von Wagram und fühlte sich für die Blutopfer der Tiroler 1809 mitverantwortlich. Immerhin hatte er selbst noch zum Widerstand aufgerufen, dies im Vertrauen auf die Mitwirkung des österreichischen Kaiserhauses, die dann aber ausblieb.

Im Jahre 1811 reifte in ihm der Plan zur Befreiung Deutschlands von Napoleon, basierend auf der Befreiung Tirols. »*Aus den Gebirgen entspringen die Wasser, diese beherrschen die Ebenen – dort ist noch der Menschheit Kern, von da muß Rettung ausgehen,*« ist in seinem Tagebuch nachzulesen. »*Wenn es zum Kampfe käme, hier nicht Antheil zu nehmen, wäre für mich die gröbste Pein, mit den mir bekannten Gebirgsvölkern zu handeln, mein Wunsch… Mein Herz, mein Muth, die Liebe zum deutschen Vaterland und zu seiner Freiheit, das Andenken meiner Väter sollten mir schon den Weg vorzeigen, den ich zugehen habe.*«

Sein alter Weggefährte Freiherr von Hormayr machte Johann mit der Idee Alpenbund bekannt. Erzherzog Johann verweigerte zuerst die Teilnahme, ihn störte die geplante Mitwirkung Englands. Erst als Hormayr erklärte, Tirol solle sich – wie 1809 – aus sich selbst heraus erheben, war er im Juli 1812 einverstanden. Er machte auch keinen Rückzieher mehr, als er schließlich vom ganzen Umfang der geplanten Aktion erfuhr. Die hinhaltende Politik des österreichischen Ministers Metternich erschien ihm unerträglich, Johann wollte die Rettung und Einigung Deutschlands nötigenfalls auch über den Aufstand in Tirol, Vorarlberg, Salzburg, Illyrien und der Schweiz. Einer finanziellen Hilfe durch England stand er nicht mehr ablehnend entgegen. Er war bereit, die ihm angetragene Führungsrolle zu übernehmen. Ab 20.12.1812 war Erzherzog Johann der Kopf des Alpenbundes. Hormayr organisierte ab diesem Zeitpunkt nichts mehr ohne den Erzherzog.

Aus Johanns Tagebuch ist zu entnehmen:
»Der Alpenbund ist der Name, welcher mir der Zweckmässigste scheint, unbestimmt genug, um alle Alpen oder nur einen Theil in sich zu fassen. Der Zweck desselben ist Freiheit und eine den Verhältnissen des Landes anpassende Verfassung, Aufhebung alles Drückenden, Kampf gegen Übermacht und Anmassung und Mitwirkung zur allgemeinen Beschleunigung eines dauerhaften Friedens. Der Alpenbund umfasst nebst Tirol die Salzburgischen Gebirge, Vorarlberg; diese drei bilden den Kern, dann Illyrien, die welschen Thäler, die Schweiz. Sowie für ietzt der eben angeführte Zweck jener ist, den man erreichen will, den man der ganzen Welt bekennen muss, so muss schon auf die Zukunft für das Schicksal dieser Länder vorgedacht und dazu die Mächte gestimmt werden. Tirol, Illyrien, das Innviertel, Salzburgs Flachlande sind Österreich nothwendig, Italiens Schicksal gehört nicht hieher. Tirol, Vorarlberg und Salzburgs Gebirgsthäler, die Pforten Deutschlands, das Bollwerk gegen dieses Land und Italien, was soll daraus werden, welchen Lohn erwartet diese biederen Völker für ihre Aufopferung? Der erste Schritt ist soviel Freunde zu gewinnen wie möglich. Österreich wird es billigen, wenn ihm Ruhe, Sicherheit, Anhänglichkeit gesichert wird ... Russland und Engeland werden unterstützen ... Frankreich ist der Feind, so auch Italien; im letzteren lässt sich wohl aufregen, Neapel muß gewonnen werden, – die Schweiz aufgerufen werden als gleiches Interesse habend, als das Land der Freiheit, als nächster Nachbar von Tirol, sich anzuschließen, das Joch abzuschütteln; hier die verschiedenen Cantonalinteressen wohl zu beachten; – auf die Alpenthäler bloss zu rechnen ...«

Ende Januar/Anfang Februar 1813 schreibt Johann in sein Tagebuch:
»Mein Plan geht dahin: zuerst erhebt sich Tirol, dem die alte Verfassung ge-

geben wird, zugleich die Grenze, daran schließt sich Salzburg, der Villacher Kreis, Krain; die Engelländer landen in Fiume, dann Eröffnung der Verbindung mit Tirol, Ausbruch nach Welschland, Erhebung des Veltin und der Brescianer Thäler; Beginn im Aretinischen und Modenesischen, Coup de Mare auf Genua von Seite Sardiniens; zugleich nach Norden hinaus; nach Baiern und Schwaben, Werbungen, Gewinnung dieser Höfe, deutsche Legion, dann lässt sich erst das Weitere bestimmen…«

Aber die Klarheit dieser Worte täuscht. Johann lebte in quälenden Zweifeln an sich selbst, seinem Plan und dessen Erfolg. Ihn belastete sehr, dass er hinter dem Rücken seines Bruders bzw. des habsburgischen Kaiserhauses handeln musste. Dieses war bekanntlich nach dem Frieden von Schönbrunn und aufgrund ihrer Politik der »Neutralität« den Franzosen verpflichtet. Trotzdem trieb Johann im Februar 1813 die Verschwörung vorwärts. Am 18.2. traf er wieder mit dem englischen Agenten King zusammen. Venedig sollte zusätzlich im Handstreich genommen werden. Zusammen mit Freiherr von Hormayr und Dr. Schneider richtete er einen funktionierenden Botendienst zwischen Wien und den Alpenländern ein. In Tirol gewannen sie Winterstetter, in Vorarlberg Dr. Mathis aus Feldkirch als zusätzliche Kontaktpersonen. Aufrufe und Flugschriften wurden verfasst und sollten verbreitet werden.

Anfang März 1813 war das Unternehmen soweit gediehen, dass bestimmt wurde, wann die einzelnen Mitglieder des Alpenbundes Wien in Richtung Berge verlassen sollten, zuerst Freiherr von Gagern, dann Dr. Schneider, zwischen dem 10. und 16. Erzherzog Johann.

3. DR. ANTON SCHNEIDER

O, ich sieh mich noch
Recht vergnügt und froh
In mein Gamsberg auf die Almer gehen,
mit an frischen Muath

in mein'Steyrerhuat
Aft schön stolz in Kogl obn steh'n!
(3. Strophe des Erzherzog Johann Jodler)

Dr. Anton Schneider wurde am 13.10.1777 in Untertrogen im Markt Weiler-Simmerberg – damals zu Vorarlberg bzw. Österreich gehörend – als Sohn des Wundarztes Alexander Schneider und seiner Mutter Theresia, geborene Büchle geboren. Er begann seine Schulausbildung in Weiler und ging dann nach Feldkirch; mit dreizehn Jahren kam er dort an das Gymnasium. Im Herbst 1795 immatrikulierte er an der Universität Innsbruck. Er studierte Philosophie und Rechtswissenschaft. Einer seiner Studienfreunde war Freiherr von Hormayr. 1796 bis 1799 war er im Krieg, im März 1799 nahm er freiwillig am Verteidigungskampf Vorarlbergs gegen die Franzosen teil. Er promovierte am 3.4.1802 an der Universität Innsbruck in der Rechtswissenschaft. Vom Herbst 1802 bis 1805 war er Rechtspraktikant in Dornbirn. 1805 wählte ihn die Hofsteiger Schützenkompanie zu ihrem Hauptmann. Ab 1807 war er Hofgerichtsadvokat, zugelassen am Appelationsgericht Memmingen. Schneider hatte aufgrund seiner Beliebtheit großen Zulauf aus Vorarlberg, aus der Allgäuer Landschaft und aus den Nachbarkantonen der Schweiz. 1807 war er auf Veranlassung der bayerischen Regierung für 45 Tage in Ulm inhaftiert gewesen; man hatte in ihm einen Spitzel für Österreich gesehen, ohne es nachweisen zu können. In München spielte man mit dem Gedanken, ihn als Hofgerichtsrat oder als Kronfiskal, d.h. Staatsanwalt in den bayerischen Staatsdienst zu übernehmen, um ihn damit mehr an sich binden zu können. Am 6.6.1808 heiratete er seine Frau Anna Maria Sauser, die Tochter des Bregenzer Bürgermeisters.
In der Nacht vom 24. auf den 25.4.1809 erhob sich Vorarlberg gegen Bayern. Am 19.5.1809 wurde Dr. Schneider von seinen Landsleuten zum Landeskommissär, d.h. zum Chef der zivilen Verwaltung von Vorarlberg gewählt, am 9.6.1809 in Innsbruck zum zivilen und militärischen Generalkommissär für Vorarlberg ernannt. Damit war er offizieller und verantwortlicher Führer der Aufstandsbewegung und leitete die Kämpfe der auf-

ständischen Vorarlberger und Oberallgäuer gegen die bayerischen, württembergischen und französischen Truppen. Dabei stand er nicht nur im engen Kontakt zu Freiherr von Hormayr in Tirol, sondern interessanterweise auch zu Graf von Reisach-Steinberg, der am 29.5. 1809 die provisorische Leitung des bayerischen Illerkreises übernommen hatte – der bisherige Generalkommissär v. Merz war in München in Ungnade gefallen bzw. geflüchtet. Am 6.8.1809, nach der Niederlage der Österreicher in der Schlacht bei Wagram, kapitulierte Dr. Schneider und begab sich in württembergische Gefangenschaft. Er wurde am 23.8. an Bayern ausgeliefert.

Am 15.8. hatte der französische Divisionsgeneral Beaumont – nach Anweisung des französischen Marschall Lefebvre in Innsbruck – erklärt, dass Schneider vor ein französisches Kriegsgericht gestellt werde und binnen 24 Stunden zu erschießen sei. Schneider drohte das gleiche Schicksal wie Andreas Hofer. Aber der bayerische Generalkommissär Graf von Reisach-Steinberg in Kempten intervenierte. Ihm war es im wesentlichen zu verdanken, dass Beaumont davon Abstand nahm und es entsprechend der königlich-bayerischen Amnestieverordnung nur zu einem bayerischen Schnellverfahren nach den Regeln eines sogenannten Spezialgerichts in Lindau kommen sollte.

Dr. Schneider funktionierte das Lindauer Spezialgericht zur Bühne in eigener Sache um. Seine Vernehmungsperson war der zu diesem Zwecke vom bayerischen Königshof zum Kronfiskal bzw. Staatsanwalt ernannte Georg Ernst Preuß, an sich amtierender Fiskal am Appellationsgericht Memmingen und damit gleichzeitig untergeordneter Beamter des Generalkommissärs Graf von Reisach-Steinberg; letzterer hatte dies so in die Wege geleitet. Schneider nutzte die Möglichkeit, seinerseits das Bayerische Königtum anzuklagen. Er deckte die Ursachen des Aufstandes bzw. die gravierenden Verwaltungsfehler Montgelas´ ungeschminkt auf. Die Öffentlichkeit war interessiert. München wollte einen Eklat vermeiden und verfügte auch in Anbetracht des Friedens von Schönbrunn vom 14.10 1809 am 30.11. die Auflösung des Lindauer Spezialgerichts. Reisach nahm Dr. Schneider am

26.12. mit nach Kempten, bewirtete ihn und ließ ihn in Anbetracht des weiter bestehenden Interesses der Franzosen an seiner Person in Schutzhaft nehmen. Im August 1810 wurde Schneider entlassen.

Dr. Schneider ging nach seiner Entlassung und einem Gespräch mit Graf von Reisach-Steinberg nach Wien und wurde dort Ende 1810 zum K. K. Appelationsrichter berufen. Am 18.12. wurde ihm seine Tochter geboren.

In Wien traf Schneider auf seinen Studienfreund und politischen Weggefährten Freiherr von Hormayr. Es ist davon auszugehen, dass er mit diesem etwa im Sommer 1811 den Alpenbund gegründet hat. Bereits 1811 stand Dr. Schneider mit dem englischen Agenten King in Verbindung. Von Juli bis 19.12.1811 war er in seiner Heimat im Bregenzer Raum aufhältlich. Er besuchte in dieser Zeit die franzosenfeindlichen Kantone in der Schweiz. Er war in Altstätten, Einsiedeln und St. Gallen. Aus München war inzwischen die Anweisung gekommen, Schneider scharf zu bewachen; die bayerische Geheimpolizei wurde auf ihn angesetzt. Man fürchtete zu Recht, dass Schneider Kontakte für einen neuen Aufstand sucht. Die bayerische Staatspolizei fing einen Brief Hormayrs aus Wien an Schneider ab, worin er ihn aufforderte, bis Ende November wieder in Wien einzutreffen, da große Ereignisse bevorstünden. Am 23. 11. ging an Graf von Reisach-Steinberg die Anordnung aus München, dass Schneider sofort das bayerische Land zu verlassen habe. Er durfte nicht über Tirol bzw. den bayerischen Innkreis nach Wien zurückreisen, sondern musste den Weg über Augsburg und Regensburg nach Österreich nehmen. Inzwischen weiß man, dass Schneider diese Zeit genutzt hatte, um für die Idee der Verschwörung Alpenbund zu werben. Er fand glühende Anhänger z.B. in Weiler, Schönau und Weitnau.

Der Generalkommissär Graf von Reisach-Steinberg wurde am 20.2. 1813 seines Amtes enthoben. Es spricht vieles dafür, dass Graf von Reisach-Steinberg mit Dr. Schneider und dem Alpenbund zumindest sympathisierte.

In Wien war Schneider einer der Säulen des Alpenbundes. Von dort aus vertiefte er die aufgenommenen Kontakte zu Chamihil in Graubünden und zu dem Allgäuer Schützenhauptmann Bekmann in St. Gallen. Von Wien aus gewann er auch die Mithilfe seines Bruders und seiner Schwester. Enge Verbindungen hatte er zur Baronesse de Salis aus Augsburg, die ihm u.a. mitteilte, dass Louis Graf von Reisach-Steinberg, Bruder des General-kommissärs des Illerkreises, auf dem Weg nach Wien in Linz abgefangen und der Generalkommissär August Graf von Reisach-Steinberg selbst seiner Stelle enthoben worden war. Schneider versuchte daraufhin ein Treffen mit dem Schweizer de Salis in Baden, wohin dieser aus Preßburg kommen sollte. Baronesse de Salis sollte sich nach Tirol und Vorarlberg begeben, um sich dort für die Sache des Alpenbundes einzusetzen.

Hormayr selbst nannte Schneider einen »Riesen« und »Arbeiter«.

4. FREIHERR VON GAGERN

's Ist a wahre Freud',
Glaubts mir 's liebe Leut',
Wann der Bua schön dudelt auf der Woad,
Wann der Hirsch umspring,
Und die Schwoag'rin singt,
Dass's in Mäuern hällert weit und broat.
(4. Strophe des Erzherzog Johann Jodler)

Hans Christoph Ernst von Gagern wurde am 25.1.1766 in Worms geboren. 1781 begann er sein Studium der Rechts- und Staatswissenschaften in Leipzig und Göttingen. 1785 trat er in den nassau-weilburgischen Staatsdienst in Zweibrücken ein. 1787 wurde er Regierungsrat, 1788 leitender Minister und oberster Gerichtspräsident, 1801 Geheimrat und Regierungspräsident. *»Es war Napoleons Dekret, dass kein auf dem linken Rheinufer Geborener außerhalb Frankreichs ein öffentliches Amt bekleiden darf, das ihn 1811 zwang, seine Entlassung zu nehmen«.* Er ging nach Wien.

In Wien stieß er im März 1812 zum Alpenbund. »*In mir*«, so schrieb er selbst, »*wachte das heftigste, nie erloschene Verlangen zur Befreiung des Vaterlandes zu wirken, mit neuer Kraft auf. Meine Blicke richteten sich nach Österreich, dem wir am Ende die entscheidende Rolle beschieden schien oder das Schicksal, zuletzt zu fallen.*«

Er vertrat die politische Ansicht, dass der Aufstand von Tirol und Vorarlberg aus gewaltige Wirkung für den Norden haben würde. Bayern würde nicht den vollen Einsatz zeigen, es fürchte den Norden bzw. die Idee von einem neuen Deutschland. Damit sei der Weg für einen Aufstand im gesamten deutschen Raum frei. Im November traf er erstmals Erzherzog Johann. Weitere Gespräche schlossen sich an. Er war seitdem festes Mitglied und galt als »Diplomat des Alpenbundes«.

Der deutsche Reichsfreiherr war mit Metternich befreundet, hatte zwei Söhne in bayerischen Staatsdiensten und einen in österreichischen Staatsdiensten. Zudem hatte er exzellente Verbindungen zu Freiherr von Stein, auf dessen Bedeutung an späterer Stelle zurückzukommen sein wird.

5. KARL AUGUST GRAF VON REISACH-STEINBERG

Auf der Felsenwand,
In ein Steyrerg'wand,
Wann i da mein'n Herzog Johann siag,
Iß a wahre Freud,
Glaubs mir's, liebe Leut
Und kein Wunder, wann ich's Hoamweh griag!
(5. und letzte Strophe des Erzherzog Johann Jodler)

Der Leser erinnert sich an Richter Y.

Richter Y. richtet sich auf und öffnet die Augen. Er denkt daran zurück, wie schwierig die Recherchen über die weitere Figur des Geschehens –

Graf von Reisach-Steinberg – waren. Es war schwer, sich ein auch nur einigermaßen objektives Bild von dieser Person zu machen. Im Internet stehen immer noch die gegenseitigen Schmähschriften, die Graf von Reisach-Steinberg und Montgelas in den Jahren 1813 und danach öffentlich ausgetauscht hatten. Auch in der Literatur ist festzustellen, dass sich an ihm die Geister scheiden. Auf der einen Seite hatte er glühende Anhänger wie z.B. Wilhelm Dorow, ein hoher preußischer Beamter zu Lebzeiten von Reisach, auf der anderen Seite Kritiker wie z.B. Otto Rieder, bayerischer Staatsarchivar anfangs des 20. Jahrhunderts. Richter Y. hat schon den Eindruck, dass letzterer zumindest dazu neigte, Graf von Reisach-Steinberg in einem besonders schlechten Licht erscheinen zu lassen. Es fiel ihm auf, dass die ansonsten äußerst detaillierten und profunden Darstellungen des Werdegangs Reisachs unter Bemerkungen leiden, wie »das Vergreifen an fremden Gut hing mit seiner stark hervortretenden Prunksucht zusammen«, »daß der immer geldnotige Sohn auch in Hilpoltstein auf möglichste Anhebung seiner Einkünfte bedacht war, ist nicht zu verwundern«. Gewühlt wird auch in seiner studentischen Vergangenheit. Der Kauf eines Medikaments wird mit »er medizinierte also schon als Student; kein Wunder, dass das in vorgeschrittenen Lebensjahren zur Regel wurde« kommentiert. In den nachfolgenden Ausführungen wird Graf von Reisach-Steinberg regelmäßig als »Verbrecher« tituliert. Da fragt sich Richter Y. schon, ob es Otto Rieder 1915 als Geh. Archivrat am K. Allgem. Reichsarchiv in München als seine bayerische Beamtenpflicht ansah, den abtrünnigen Bayer Graf von Reisach-Steinberg noch einmal voll zu degradieren.

Allerdings muß sich Richter Y. eingestehen, dass es vor allem an der Person Graf von Reisach-Steinberg selbst lag, sich nur schwer ein objektives Bild von ihm machen zu können; Graf von Reisach-Steinberg war schon eine sehr schillernde Persönlichkeit.

Karl August Graf von Reisach-Steinberg wurde am 15.10.1774 in Neuburg an der Donau geboren. Das Alter der Familie soll sich bis in die Zeit der salischen Kaiser verfolgen lassen, jedenfalls bis auf Albrecht Hans von

Reisach, gestorben 1656 in Tirol. Er legte die juristische Prüfung an der Universität Ingolstadt mit Auszeichnung ab. 1797 wurde er Regierungsrat in Neuburg. 1797 wurde er Pflegekommissär von Heideck und Hilpoltsstein, 1803 Direktor der Landesdirektion in Neuburg, wo er 1804 zum Vizepräsidenten befördert wurde. Reisach galt als äußerst talentiert und vielseitig gebildet.

1808 wurde Graf von Reisach-Steinberg zum Generalkommissär des Lechkreises in Augsburg ernannt. Diese Ernennung wirkt überraschend, wenn man in Rechnung zieht, was Graf von Reisach-Steinberg nach Otto Rieder schon vorher alles verbrochen haben soll. So soll er anlässlich seines Erwerbs des »Bertoldsheimer Lehens« und des Landsassengutes Langenfeld seine Besitzgier unter Beweis gestellt haben, ein Erbe erschlichen und die »Kapfenberger Gelder« falsch abgerechnet haben, dies alles zum Nachteil bayerischer Finanzinteressen.

1809 erschienen die französischen Truppen, besetzten den gesamten Lechkreis und erklärten Augsburg als belagert. Divisionsgeneral Karl Graf von Dumoulin und Divisionsgeneral Beaumont machten sich zu den Gouverneuren der Stadt Augsburg. Reisach pflegte zum Nutzen der Stadt engen Kontakt zu diesen.

1809 war der Volksaufstand der Tiroler und Vorarlberger.

1806 bis 1808 war Bayern bekanntlich in 15 staatliche Kreise eingeteilt worden, in den Altmühlkreis, Eisackkreis, Etschkreis, Illerkreis, Innkreis, Isarkreis, Lechkreis, Mainkreis, Naabkreis, Oberdonaukreis, Pegnitzkreis, Regenkreis, Rezatkreis, Salzachkreis und Unterdonaukreis. Die einzelnen kreisunmittelbaren Städte und Landgerichte des hier vor allem interessierenden Illerkreises wurden schon benannt.

Am 29.5.1809 wurde Graf von Reisach-Steinberg Generalkommissär des Illerkreises. Sein Vorgänger Maximilian von Merz wurde mit Regierungsverfügung vom 29.5. als Generalkommissär nach Augsburg versetzt. Der Austausch erfolgte, weil von Merz in München nach seiner Flucht vor den Aufständischen in Ungnade gefallen war. Reisach sollte demgegenüber in den Genuss eines besonderen Vertrauensbeweises kommen. Der Bayerische Königshof traute Graf von Reisach-Steinberg das zu, was von Merz nicht bewerkstelligen konnte, nämlich die Bewältigung des Vorarlberger und Oberallgäuer Aufstandes unter der Leitung des schon bekannten Dr. Schneider. Auch Major Martin Teimer – ebenfalls ein an der Universität Innsbruck akademisch ausgebildeter Jurist – machte mit Ausfällen aus Tirol bzw. dem Innkreis Schwierigkeiten. So war Teimer am 4.5. in Kempten eingefallen. Kempten wurde am 13.6. abermals von Franzosen und Bayern besetzt, die die Freiheitskämpfer bekanntlich am 19.6. zurückschlugen. Am 23.8. wurde Kempten von der französischen Division Beaumonts bezogen. Am 22.10. verkündete Graf von Reisach-Steinberg in Kempten den Frieden von Schönbrunn vom 14.10.. Kempten blieb weiterhin bayerische und französische Garnisonsstadt.

Die Order des bayerischen Königs an Graf von Reisach-Steinberg ging dahin, durch gemeinsame Operationen mit Beaumont den Aufstand niederzuschlagen, die Ämter mit den geeigneten Leuten zu besetzen und für die ordnungsgemäße Verpflegung der französischen und bayerischen Truppen zu sorgen. Geld stand Reisach dafür nicht zur Verfügung. Die Staatsverschuldung war riesig. Der Geldwert sank rapide. Im Illerkreis war der Verlust des Großteils des Barvermögens zu beklagen. Grund war auch die Tilgung der in großen Mengen umlaufenden österreichischen Papiergeldes, die sogenannten Bankozettel. Bayern im Ganzen stand knapp vor dem Staatsbankrott. 1808/1809 standen Einnahmen von 25,6 Millionen Gulden, Ausgaben von 37,5 Millionen Gulden gegenüber. Montgelas versuchte, die Staatsschulden durch Banken zu finanzieren. Zu den Praktiken des – auch – Finanzministers Montgelas ein Beispiel aus dem späteren Jahr 1816, bezeichnend gerade im Hinblick auf die Vorwürfe und Anklagen gegenüber Graf von Reisach-Steinberg, über die noch zu sprechen sein wird: Die bayerische Verordnung vom 17.7.1816 entzog einigen

Lotterieanleihen den hypothekarischen Schutz und verursachte durch den damit verbundenen Kurssturz dieser Staatsanleihen den Zusammenbruch mehrerer Banken, wobei viele Anleger Geld verloren. Auffallend war, dass die Hausbank von Montgelas nicht davon betroffen war – dagegen eine mit ihm verfeindete Bank. Man sprach damals von einer Affäre und einem *»betrügerischem Bankrott«*.

Es wurde nicht nur der Aufstand Tirols bzw. jener im Inn- und Etschkreis niedergeschlagen, auch der Aufstand der Vorarlberger und Oberallgäuer im Illerkreis war im Sommer 1809 beendet. Er war von Anfang an weniger intensiv als jener in Tirol. Die Blutopfer waren deutlich geringer. Maßgebend dafür war das politische Wirken des Generalkommissärs Graf von Reisach-Steinberg, insbesondere sein enger Kontakt zu Dr. Anton Schneider. Auch zu anderen Vorarlbergern hatte er anlässlich seiner ausgedehnten Reisen in das Land gute Kontakte geknüpft und eine gewisse Vertrauensbasis schaffen können.
Nun war Graf von Reisach-Steinberg gefordert, im Zusammenwirken mit Beaumont die Untersuchung und die Bestrafung der Rebellen einzuleiten. Er war erfolgreich bemüht, die Rachegelüste der französischen Heeresspitze einzudämmen. Das Beispiel Dr. Schneider kennen wir. Schneider sollte das gleiche Schicksal wie Andreas Hofer erfahren. Graf von Reisach-Steinberg wirkte auf Beaumont ein und erreichte in Verbindung mit dem bayerischen Amnestiegesetz, dass Schneider vor ein bayerisches Spezialgericht gestellt wurde. Das Verfahren verlief bekanntlich im Sande. Dr. Schneider konnte Ende 1810 als freier Mann nach Wien.

Es stellt sich die Frage, inwieweit bzw. in welchem Umfange Graf von Reisach-Steinberg in der Folgezeit an der Verschwörung Alpenbund beteiligt war. Die Literatur sieht in Graf von Reisach-Steinberg kein Mitglied des Alpenbundes, allenfalls eine Art Gehilfe. Otto Rieder bezieht sich dabei auf Briefe Hormayrs aus dem Jahre 1814 aus Brünn an einen unbekannten Freiherrn; Abschriften davon befanden sich auch im Nachlass Reisachs. Er – Hormayr – habe Graf von Reisach-Steinberg nie persönlich kennengelernt, aber dieser sei von jeher der deutschen Idee treu ergeben gewesen und habe dabei Anstrengungen und Gefahren nicht gescheut. »...*Auch nach der Unterwerfung Vorarlbergs verfuhr er ... mit einer Schonung, die ihn jenes brave Ländchen für immer unvergeßlich macht.*«

Hormayr geht in seinem Bericht vom 28.12.1815 an die geheime Finanz-kreditkommission in Wien wesentlich weiter. Er spricht von den »*Mit-verbundenen und von den Gutgesinnten aus Schwaben*« und erwähnt Graf von Reisach-Steinberg, als er noch Generalkommissär des Lechkreises in Augsburg war. Er sei »*das vorzüglichste Mitglied unseres Bundes*«, er, »*der jetzt soviel besprochene und von dem bayerischen Minister Graf Montgelas und theils wahren theils halbwahren, theils ganz falschen Beschuldigungen wüthend Verfolgte*«.

Auch 1813 war »*Graf Reisach eine nicht zu umgehende Person, sowohl um eine neue Rekrutierung soviel möglich hinterstellig zu machen, als auch so manche nöthige Verbindung und Vorbereitung, das Einschwärzen von Pulver und Gewehren aus der Schweiz und manche sonstige bedeutende Relation in den Bergen und Thälern der Eidgenossen dem Münchener Ministerium ganz zu verheimlichen oder als unbedeutend und als das Werk eigennütziger An-geber darzustellen.*«

Reisach hatte mit Freiherr von Hormayr nie schriftlichen, aber doch über Boten hergestellten mündlichen Kontakt. Im Januar 1813 schickte Graf von Reisach-Steinberg seinen Bruder Louis zu seinem Schwiegervater, Freiherr von Salis-Soglio nach Wien. Der damalige bayerische Gesandte in Wien, Graf Alois von Rechberg war der Meinung, dass dies zum Zwecke der Kontaktaufnahme mit dem Alpenbund – man hatte zu diesem Zeitpunkt nur vage Vorstellungen über diesen – geschehe. Dies löste in München und in Wien starke Beunruhigung aus. Louis Graf von Reisach-Steinberg wurde verhaftet, aber mangels Beweise wieder freigelassen.

Kurz darauf meldete die Gräfin Salis-Soglio, eine Schwägerin von Graf von Reisach-Steinberg nach Wien, dass der Generalkommissär des Iller-kreises entlassen worden war und seiner Person Gefahr drohe.

Um Graf von Reisach-Steinberg hatte sich die Schlinge der bayerischen Polizeiagententätigkeit zusammengezogen. Spätestens nach der zumindest indirekt von Graf von Reisach-Steinberg bewirkten Freilassung Dr. Schneiders war der Königshof zunehmend misstrauischer geworden. Die guten Beziehungen Graf von Reisach-Steinbergs zu den ehemals österreichischen Teilen des Illerkreises erschienen langsam suspekt. Reisach selbst klagte darüber, dass er sich als Generalkommissär nur noch von Spitzeln umgeben sieht.

Schon 1811 musste Graf von Reisach-Steinberg feststellen, dass sich der königliche Hof bzw. Montgelas langsam von ihm abwandte. Der Generalkommissär des Lechkreises von Stichaner – Nachfolger des inzwischen aufgrund bayerischer Ermittlungen in den Freitod gegangene von Merz – hatte in Augsburg Untersuchungen hinsichtlich etwaiger Veruntreuungen von Staatsgeldern des Augsburger Pfandhauses gegen seinen Kollegen Graf von Reisach-Steinberg in Kempten aufgenommen. Montgelas stellte den Vorwurf des Verbrechens rechtswidriger Veruntreuungen durch Graf von Reisach-Steinberg in den Raum. Er beauftragte am 28.12.1811 das Appelationsgericht Memmingen mit der Generaluntersuchung. Fragestellung war, ob ausreichende Verdachtsmomente vorhanden seien, um den Generalkommissär einer »peinlichen Spezialinquisition zu unterwerfen«.

Mit Entscheidung des Appelationsgerichts Memmingen vom 1.12.1812 wurde erkannt, dass Graf von Reisach-Steinberg nicht in hinreichendem Maße verdächtig ist, insbesondere war eine rechtswidrige Verwendung des Pfandhausgeldes nicht nachzuweisen. Der bayerische König genehmigte den Richterspruch am 13.12.1812 und »sprach Freispruch aus«.

Im Januar 1813 noch verkehrte Minister Montgelas mit Graf von Reisach-Steinberg dienstlich. Bayern fürchtete aufgrund seiner Informationen eine neue Erhebung im Innkreis und im Illerkreis. Reisach, den man – ohne es beweisen zu können – selbst als involviert ansah, wurde von Montgelas angewiesen, seine Aufmerksamkeit auf das Treiben der Vorarlberger und Oberallgäuer zu richten.

Mitte Februar 1813 fuhr Graf von Reisach-Steinberg nach Zirl und hielt sich dort sieben Stunden ohne offizielle Begleitperson auf. Die bayerischen Ermittlungsbehörden, die davon Wind bekommen hatten, vernahmen das Umfeld, so auch den Gastwirt, jedoch ohne Erfolg. Man vermutete den Kontakt Reisachs zu den Aufständischen.

Jetzt handelte man in München. Trotz Vorliegens der Entscheidung des Appelationsgerichts Memmingen und des königlichen Freispruchs wurde Graf von Reisach-Steinberg *»aus administrativen Erwägungen«* am 20.2.1813 seines Amtes enthoben. Reisach entschloss sich zur Flucht aus Kempten. Später erklärte er, die Sorge, durch die drohende Beschlagnahme der Hormayrischen Papiere in Gefahr gebracht zu werden, habe ihn zur Flucht veranlasst. *»In einem Lande, wo die Gesetze den Staatsbürger nicht mehr vor Unrecht und Verfolgung schützen, konnte ich keine Sicherheit für meine Person finden ... ich begab mich also unter den Schutz der großzügigen Monarchen von Rußland und Preußen, welche eben in dieser Zeit alle Teutschen aufforderten, sich unter ihrem Panier zum Kampf für Teutschlands Befreiung zu sammeln.«* Dies entspricht der Mitteilung von Gräfin Salis-Soglio nach Wien, dass der Person Graf von Reisach-Steinberg Gefahr drohe.

Reisach flüchtete nach Kalisch ins russisch-preußische Hauptquartier. Er trat in den Dienst des Reichsfreiherrn von Stein. Dort traf er auch das Alpenbundmitglied von Gagern – dazu aber später mehr. Schon im April 1813 wurde er zum »Administrator« der sächsischen Herzogtümer ernannt. Am 16.5. wurde er Generalkommissär der Markgrafentümer Ober- und Unterlausitz. In der Folgezeit stand er im Briefwechsel mit Freiherr von Hormayr. In seiner neuen Funktion fand er allgemeine Anerkennung; er wurde als Opfer Montgelas betrachtet. Dieser initiierte inzwischen weitere gerichtliche Untersuchungen gegen Graf von Reisach-Steinberg. Dessen Nachfolger in Kempten – es war von Stichaner geworden – lieferte neues Belastungsmaterial. Gegenstand der gerichtlichen Untersuchung war u.a. wieder die behauptete Veruntreuung der »Pfandhaus-Gelder« und der Umstand, dass Graf von Reisach-Steinberg bei seiner Flucht aus Kempten mehr als 100000 Gulden, teils in Bargeld, teils in Wechsel mitgenommen hatte. Außerdem habe er Wechsel über 200000 Gulden betrügerisch erworben bzw. mit diesem Geld Staatsanleihen rechtswidrig manipuliert. Die Staatsverschuldung Bayerns wurde schon an anderer Stelle erwähnt. Mit königlicher Verordnung vom 20.8.1811 wurde deshalb auch eine Staatsschuldentilgungskommission eingesetzt. Reisach habe nie den Auftrag erhalten, Staatsobligationen aufzukaufen. Im November 1812 hatte Graf von Reisach-Steinberg mit einem Kemptener Handelshaus einen Ankauf vereinbart; er nahm die um 64 Prozent zugeteilten Papiere in Empfang, fertigte Schuldscheine mit seinem Familiensiegel aus und setzte diese in Bargeld um. Die Umsetzung in Bargeld erfolgte mit starken Verlusten, wobei die Wechsel fast nie honoriert wurden. Reisach hätte dabei vorgetäuscht, dass er die von ihm ausgestellten Schuldscheine mit den in öffentlichen Kassen befindlichen oder von Lotterieanleihen einlaufenden Gelder einlöse. Außerdem habe er Gelder aus der Einlösung von Lotterieanleihenslose einbehalten.

Weiter wurde ihm anfänglich auch ein Verbrechen des Hochverrates vorgeworfen. Abgestellt wurde auf seine Pamphlete nach seiner Flucht nach Sachsen bzw. in die Lausitz, auch auf den Umstand, dass er Dienste gegen sein Vaterland geleistet habe, ohne »*zuvor aus dem bayerischen Untertanenverbunde gänzlich entlassen zu sein.*« Es wurden keine Vorwürfe hinsichtlich vermuteter Kooperation mit den Aufständischen im Alpenraum bzw. der Verschwörung Alpenbund erhoben.

Am 12.9.1813 übertrug das Bayerische Justizministerium die gesamte Untersuchung dem Appelationsgericht Neuburg, dieses sei zuständig und nicht das Appelationsgericht Memmingen. Man begründete die plötzlich neu erkannte örtliche Zuständigkeit mit dem Hinweis auf den angeblichen sachlichen Zusammenhang und *»da die Mehrzahl der gräflichen Besitzungen im Oberdonaukreis lag.«* Dem Gericht in Memmingen wurde 1817 der Status eines Appellationsgerichts abgesprochen.

Zwischen Graf von Reisach-Steinberg und Montgelas entstand ein Medienkrieg, eine literarische Fehde. Reisach verteidigte sich mit der Schrift *»Der Graf Karl August von Reisach an das teutsche Volk«* und regte die Überprüfung der Schuldvorwürfe durch ein neutrales Gericht an.

Am 8.10.1813 wurde Bayern durch den entsprechenden Vertrag mit Österreich (Rieder Vertrag) Alliierter gegen Napoleon. Otto Rieder vertritt die Ansicht, dass es von Stein nunmehr für ratsam gehalten habe, Graf von Reisach-Steinberg aus seiner exponierten Stellung zu entheben. Tatsächlich wurde am 23.1.1814 das Generalkommissariat Lausitz aufgehoben und ganz Sachsen einem Gouverneur unterstellt. Es erscheint schon sehr gewagt, diese Neuordnung mit der Person Graf von Reisach-Steinbergs in Verbindung zu bringen. Immerhin schrieb von Stein an von Reisach: *»Sollten Sie lieber in Sachsen bleiben wollen, als nach Baiern zurückkehren, so lade ich Sie ein, nach Dresden zu kommen und bei uns zu bleiben.«* Reisach ging nach Leipzig, dann nach Bremen. Der preußische Minister von Hardenberg jedenfalls blieb sein Gönner.

Inzwischen drang die Regierung in Bayern weiter auf Auslieferung Reisachs. Sie schickte Polizeikräfte nach Bremen, um Graf von Reisach-Steinberg zu verhaften. Dieser entkam und konnte nach Minden flüchten. Im Steckbrief wurde er als *»von kleiner, magerer Statur, blassen, kränklichen Angesicht und wenigen blonden, gepuderten Haaren, mag zwischen 30 und 40 Jahre alt sein, hat eine schwache Stimme, den baierischen Dialekt und ein furchtsames Ansehen«* beschrieben. Minden verweigerte die Auslieferung. Reisach war beliebt. Von Hardenberg schlug vor, Reisach vor einen preußischen Gerichtshof zu stellen, was München ablehnte.

Inzwischen erließ das Neuburger Gericht am 27.8.1816 die »*Einleitung des Kontumazialprozesses gegen Graf von Reisach-Steinberg hinsichtlich Unterschlagung öffentlicher Gelder und Staatspapiere, des betrügerischen Schuldenmachens und des Staatsverrats im 2. Grad*« mit der Aufforderung zur Vorladung innerhalb von drei Monaten. Reisach kam nicht. Am 25.2.1818 erging Schlussurteil zu 8 Jahren Festungsstrafe 3. Grades, wobei die vorgeworfenen Straftaten zum Teil zeitlich vor den angewandten Vorschriften lagen und unbeachtet des königlichen Freispruchs vom 13.11.1812.

Der bayerische Königshof legte dagegen Rechtsmittel ein; die Strafe erschien ihm zu milde. Das Revisionsurteil des Oberappellationsgerichts in München erging am 9.3.1819: »*12 Jahre Festungshaft 2. Grades.*« Interessanterweise war der Vorwurf des »Staatsverrates« fallen gelassen worden. Als Begründung diente im wesentlichen der Rieder Vertrag vom 8.10.1813 zwischen Bayern und Österreich, wonach Bayern bekanntlich Alliierter der Gegner Napoleons wurde.

Die Folge des Richterspruchs war die Streichung Graf von Reisach-Steinberg aus der Adelsmatrikel und aus der Liste der königlichen Kämmerer.

Der preußische Hof forderte die Urteilsgründe an und Staatskanzler von Hardenberg kommentierte, dass »*nach dem Urteil glaubwürdiger Männer in der Rechtssache des Grafen Graf von Reisach-Steinberg nicht ohne Leidenschaftlichkeit gehandelt worden sei und derselbe im Jahre 1813 bei der allgemeinen Sache gegen Frankreich manche ersprießliche Dienste geleistet habe*«. Mit anderen Worten, von Hardenberg rügte die Befangenheit der bayerischen Richter.

Graf von Reisach hatte inzwischen eine Anstellung im Archiv zu Münster gefunden. 1819 wurde er zum Archivrat in Koblenz ernannt. 1831 wurde ihm die Leitung des Staatsarchivs übertragen. Graf von Reisach verstarb am 29.11.1846 in Koblenz.

X. ENDE DES ALPENBUNDES UND DIE WEITERE ENTWICKLUNG.

Es war von Roschmann – Mitarbeiter Freiherr von Hormayrs in der beschriebenen Hofkommission in Wien und sein langjähriger Weggefährte –, der die Verschwörung Alpenbund verriet. Es war im Februar 1813.

Am 12. Februar berichtete er Metternich im Detail. Er war nur zwei Wochen lang Mitglied des Alpenbundes gewesen. Roschmann sollte weiter als agent provokateur im Alpenbund tätig bleiben und regelmäßig an Metternich berichten. Am 19.2. teilte Roschmann an Kaiser Franz I. mit: »*Vor zwei Tagen ist ein Kurier aus dem russischen Hauptquartier mit der Antwort des Kaisers (= des Zaren) Alexander in Wien eingetroffen, der ? den Erzherzog als König von Rhätien anerkennen wolle, worunter Illyrien, Steiermark. Kärnten, Tirol und die Schweiz begriffen sei.*« Vorarlberg wird wohl deshalb nicht erwähnt, weil Vorarlberg mit Tirol lange Zeit unter gleicher Verwaltung stand.

Am 6.3.1813 unterbreitete Metternich dem österreichischen Kaiser genaue Vorschläge zur Zerschlagung des Alpenbundes. Auch insoweit dient die Dissertation von Klier als Vorlage.

Freiherr von Hormayr und Dr. Schneider sollten umgehend auf möglichst unauffällige Weise verhaftet und getrennt verhört werden. Hormayr sollte auf die Festung Munkacs in Ungarn verbracht werden, Schneider nach Olmatz bzw. auf den Brünner Spielberg.

Von Roschmann sollte zum Schein verhört werden und vorerst nach Breslau verschwinden.

Der englische Agent King sollte ausgewiesen werden.

Von Gagern sollte von der Polizei darauf hingewiesen werden, dass er sich unverzüglich aus Wien zu entfernen habe.

Erzherzog Johann sollte Wien ohne Erlaubnis des Kaisers nicht verlassen dürfen. Der Kaiser sollte seinen Bruder zu sich rufen, ihm eine »species facti« über die ganze Angelegenheit vorlegen und die Bejahung oder Verneinung der darin enthaltenen Angaben fordern, ohne eine Verteidigung Johanns anzuhören. Unabhängig von der Antwort Johanns sollte sich dieser daraufhin ehrenwörtlich verpflichten, den ihm vom Kaiser zugewiesenen Aufenthaltsort nicht ohne dessen Zustimmung zu verlassen.

Der Kaiser stimmte zu.

Die Verhaftung Freiherr von Hormayr, Schneider und – zum Schein – von Roschmann erfolgte am Abend des 7.3.1813 in der Wohnung Freiherr von Hormayrs. Roschmann wurde wieder freigelassen; Hormayr und Dr. Schneider wurden auf die Polizeistelle gebracht. In der Nacht noch wurden sie getrennt und bewacht auf den Weg zu den genannten Verliesen geschickt.

Der Alpenbund war zerschlagen.

Die Niederschlagung der Verschwörung Alpenbund wurde überregional bekannt. Metternich betonte, dass er von der bisherigen Politik nicht abgehen werde.

Der Kaiserhof schien jedoch trotz Verhaftung Freiherr von Hormayr und Dr. Schneider die Gefahr noch nicht als gebannt angesehen zu haben. Man legte besonderen Wert darauf, Erzherzog Johann zu isolieren. Denn schon entstanden Gerüchte, dass übriggebliebene, wenn auch nicht so profilierte Köpfe, wie z.B. Legationsrat Baron Liechtenthurn aus Klagenfurt den Kontakt zu Erzherzog Johann suchten, um die Bewegung des Alpenbundes aufrechtzuerhalten. Der Kaiser entmachtete Liechtenthurn. Auch wandte man sich an die englische Regierung, man möge den Agenten King so

schnell wie möglich abberufen; die Ausweisung hatte dieser einfach igno-
riert. Drei Wochen später verließ King Wien. Von Gagern verließ Wien
anlässlich seiner Ausweisung am 22.3.1813.

Das vom Kaiser in Auftrag gegebene »*Gutachten über die zur gänzlichen
Abstimmung dieser Angelegenheit unter dem Vorsitz des Staatsraths Pfleger
zusammensetzende Kommission*« verzögerte sich bis zum 23.5.1813.

Dies sozusagen als Vorspann. Im übrigen wird das Ende des Alpenbundes
und die weitere Entwicklung anhand der beteiligten Personen von Roschmann, Freiherr von Hormayr, Erzherzog Johann, Dr. Schneider und
von Gagern beschrieben.

1. ANTON LEOPOLD VON ROSCHMANN

Anton Leopold von Roschmann wurde 1777 in Innsbruck geboren und
starb 1830 in St. Pölten.

Auch er studierte an der Universität Innsbruck Rechtswissenschaft und
trat 1800 in den österreichischen Staatsdienst ein. Im Jahre 1809 wurde
er nach dem Beginn des Tiroler Volksaufstandes von Freiherr von Hormayr zum Unterintendanten des nordöstlichen Teils von Tirol bestellt und
mit der Leitung der Landesverteidigung beauftragt. Ende Juli 1809 wurde
er Oberlandeskommissär. Nach dem dritten erfolgreichen Gefecht am Berg
Isel verkündete er Anfang Oktober die militärische Besitzergreifung durch
Österreich. Nach dem Frieden von Schönbrunn floh er nach Wien.

In Wien wurde von Roschmann neben Freiherr von Hormayr Mitglied
der Hofkommission für Tirol und Vorarlberg.

Hormayr gewann Roschmann Ende Januar 1813 für den Alpenbund.
Roschmann war anfänglich von diesem Plan begeistert, bis ihm bewusst
wurde, dass dieser Aufstand nur hinter dem Rücken des österreichischen

Kaisers stattfinden konnte. Sein Ehrgeiz riet ihm, sich kaisertreu zu verhalten, um damit schneller Karriere machen zu können als Freiherr von Hormayr. So war er zum Verrat bereit. Knapp 2 Wochen im Alpenbund gewesen, schrieb er an Metternich und bat um eine Unterredung. Am 13.2.1813 enthüllte er das Geheimnis des Alpenbundes. Allerdings war der Hof schon seit 6.2. vorgewarnt. Die Staatssicherheitspolizei hatte Kaiser Franz I. berichtet, dass Hormayr hoffe, Tirol neuerlich revolutionieren zu können. Auch Herzog Johann und Dr. Schneider wurden in diesem Zusammenhang genannt.

Dem kaiserlichen Hof kamen die Mitteilungen von Roschmanns äußerst gelegen. Er sollte als agent provokateur Miglied des Alpenbundes bleiben, um über den Fortgang der Pläne berichten zu können. Seine Mitteilungen ließen nichts offen. Er informierte über Details eines Gesprächs zwischen Erzherzog Johann, Freiherr von Hormayr, Dr. Schneider und King. Der Ostermontag, 19.4.1813 sei der Beginn der Rebellion. Vor Fiume seien schon englische Schiffe postiert. In Genua sollten die Engländer landen, in Hamburg die Schweden. Wallmoden sei zum Chef der deutschen Legion bestellt, die sich an den Grenzen von Norddeutschland bilde und 12 bis 15.000 Mann stark sei. King habe bereits »800.000 schwere Münzen« als Hilfe für Tirol bestimmt, Banken in Basel, Zürich und Bern hätten Anweisung, das eingehende Geld auszubezahlen. Den Staaten und Völkern solle vorgetäuscht werden, dass Österreich die Aktionen insgeheim leite. Der Aufstand solle sich schnell und lawinenartig ausbreiten. Das offizielle Österreich habe anschließend immer noch die Möglichkeit, die Menschen über ihren Irrtum aufzuklären. Weiter berichtete von Roschmann bekanntlich an den kaiserlichen Hof, dass Russland Erzherzog Johann als König von Rhätien anerkennen wolle.

Roschmann gelang es, das Netz um die Verschwörer enger zu knüpfen. So konnte er am 23.2. von der geplanten Fahrt eines Boten nach St. Petersburg berichten; er solle geheime Papiere bei sich haben. Der Kurier Danelons war im Auftrage des englischen Agenten King unterwegs. Metternich ordnete an, sich dies Depesche »*durch heimliche Entwendung oder offenen Straßenraub*« zu verschaffen; er versprach sich Beweismaterial gegen die Alpenbündler. Auf dem Weg nach Russland wurde der Wagen Danelons bei Mährisch-Weisskirchen vom polizeilichen Staatssicherheitsdienst – die Polizisten waren als Räuber verkleidet – überfallen. Am 27.2. hatte Metternich die Papiere in der Hand. Diese waren an zwei englische Lords adressiert; beschrieben wurde die Verbindung Kings zu Erzherzog Johann als ausweisliches Mitglied des Alpenbundes. Johann werde um die Mitte des Aprils 1813 in Tirol sein. An diesem Tag werde der Aufstand ausbrechen, auch in Süddeutschland.

Roschmann meldete an Metternich, dass sich die Mitglieder des Alpenbundes in Sicherheit wiegen würden. Roschmanns doppeltes Spiel, einerseits Informant für Metternich, andererseits angebliches Mitglied des Alpenbundes, blieb für die Alpenbündler unentdeckt.

Die Alpenbündler bemerkten nicht, dass Metternich über Roschmann ihre Begeisterung absichtlich geradezu schürte, um sie unvorsichtig werden zu lassen. So sprach Metternich in diesen Tagen gegenüber Freiherr von Gagern von möglichen Revolutionsbestrebungen in Norddeutschland. Roschmann arbeitete für Erzherzog Johann gar eine Propagandaschrift aus. Als Titel wurde gewählt: »Gewagte Bemerkungen über die gegenwärtige Lage Tirols.« Der Inhalt lautete auszugsweise: »...*die in Tirol mit jedem Tage wachsende Spannung verdient in mehrfacher Beziehung die größte Aufmerksamkeit ... Den gegenwärtigen Zeitpunkt halten alle für den günstigsten und zugleich für den letzten, die ihnen angeschmiedeten Fesseln zu sprengen ... England wendet gern die zur Unterhaltung des Aufstandes in Tirol erforderliche Summe auf, denn dort verbreitet sich das Feuer in dem nämlichen Augenblick nach Vorarlberg und Schwaben, ins Salzburger Gebiet, nach Illyrien, vielleicht selbst in die Schweiz, und wer weiß, ob das Beispiel nicht auch das jetzt so hart hergenommene Bayern ergreift...*«

Als agent provokateur ließ er die Freiherr von Hormayr verfassten Flugschriften »*Rückzug der Franzosen*« und »*Stimme der Wahrheit gegen die Lage*« bereitwillig auftragsgemäß drucken, um weiteres Material gegen die Mitglieder des Alpenbundes in Händen zu haben. Es handelte sich um Druckwerke, die in Tirol und Vorarlberg zum Zwecke der Propaganda verteilt werden sollten. Den entsprechenden Bericht verfasste er am 7.3. und übersandte ihn an Polizeichef Hager in Wien.

Im Interesse seiner eigenen Bedeutung lieferte er spektakuläre Informationen an den österreichischen Kaiser persönlich und meldete die »*hohe Gefährlichkeit*« der Aktionen der Alpenbündler. Er deutete gegenüber Metternich an, dass man ihm wegen seines staatstreuen Verhaltens nach dem Leben trachte. Dem Kaiser versicherte er, dass sich Erzherzog Johann tatsächlich zum König von Rhätien machen wolle.

Aber die Beteiligung des Kaiserhofs an dem erwähnten vorgetäuschten Überfall im Februar sickerte durch. Die Alpenbündler waren gewarnt und wollten ihre Aktionen beschleunigen; der Erfolg sollte nicht gefährdet werden. Trotzdem blieben weitere Berichte von Roschmann an Metternich möglich. Folge war, dass man Johann Peter Feuerle einfing, einen Freund Schneiders, der Freiherr von Hormayr mit Geld und Anweisungen versehen, von Wien ins Tirol geschickt worden war. Feuerle gestand, die Briefe Freiherr von Hormayr und Schneider bekommen zu haben. Er übergab die schriftlichen Anweisungen an die österreichischen Polizeisicherheitskräfte; er sollte danach die Stimmung in Tirol, Vorarlberg und der Schweiz erkunden.

Den Informationen Roschmanns war es zu verdanken, dass es zu der schon erwähnten Verhaftung des Bruders des Kemptener Generalkommissärs Graf von Reisach-Steinberg – Graf Louis Graf von Reisach-Steinberg – und zur Verhaftung des Tirolers Eisenstecken kam. Bei Louis Graf von Reisach-Steinberg wurde nichts gefunden. Hager berichtete an Metternich: »*...Reisach durfte es nur in den Mund stecken und zerkauen.*« Eisenstecken war mit 800 Propagandaflugschriften nach Klagenfurt unterwegs gewesen, um von dort aus sicheren Weges nach Tirol zu kommen. Auch der englische Agent King wurde festgenommen.

Am 7.3.1813 wurde von Roschmann anlässlich der Verhaftung Hormayrs und Dr. Schneider bzw. der Niederschlagung des Alpenbundes zum Schein mitverhaftet und dann wieder freigelassen.

Er blieb lange Zeit vom Hofe unbeachtet. Man wollte ihn als mitschuldig erscheinen lassen, um ihn nicht als Denunzianten benennen zu müssen. Als er erfuhr, dass Hormayr und Schneider womöglich eine gerichtliche Untersuchung zugestanden wird, erhob er dagegen Einspruch. Er betonte die Gefahr, dass er anlässlich eines offiziellen Verfahrens als Verräter erkannt werden würde. Vielmehr solle der Kaiser dem Erzherzog Johann befehlen, das von ihm am 7.3. vorverfasste »species facti« per Unterschrift als richtig anzuerkennen.

Schließlich wurde von Roschmann wieder in sein Amt eingesetzt und in den Urlaub geschickt. Man machte ihn zum Vertrauensmann in Tirols Angelegenheiten.

Im Juli 1813 wurde er an das kaiserliche Hoflager in Prag berufen und – siehe da – mit der offiziellen Organisation eines Aufstandes in Tirol betreut. Denn die politische Großwetterlage hatte sich in wenigen Monaten grundlegend verändert. Napoleons Macht hatte zu bröckeln begonnen. Und Metternich passte sich sofort an. Plötzlich sah er die Zeit gekommen, sich die Pläne des zerschlagenen Alpenbundes selbst zu Nutze zu machen.

Am 3.7.1813 legte von Roschmann dem Staatskanzler einen Plan zur Revolutionierung Tirols vor, nichts anderes als eine Überarbeitung des Alpenbundplanes. Überraschenderweise empfahl er dabei Erzherzog Johann. *»Nur ein königlicher Prinz wird diese Misshelligkeiten (Partheigeist, Anarchie, Eigennutz, Neid, Misstrauen, Eifersucht – die gefährlichen Feinde aller Insurrectionen) ausgleichen … Erzherzog Johann kann diese Forderung erfüllen.«*

Gleichzeitig betonte er die Notwendigkeit, Freiherr von Hormayr und Dr. Schneider solange in Haft zu belassen. Er warnte auch von Freiherr von Gagern, offensichtlich darauf bedacht, neben sich keinen weiteren Mann von Format zu haben. Dagegen sollten Speckbacher, Eisenstecken, Haspinger nach Tirol und Frick nach Vorarlberg geschickt werden. Weiter empfahl Roschmann die alten Bekannten des Alpenbundes General Fenner, Oberst Leiningen, Freiherr von Liechtenthurn, Graf Johann de Salis und Lord Cathoart.

Am 17.7. erteilte Roschmann den Befehl, Erzherzog Johann in Thernberg aufzusuchen und diesem seine Aufgabe bekannt zu geben.
Wir wissen – Österreich erklärte Frankreich im August 1813 wieder den Krieg. Jetzt hatte der Kaiserhof freie Hand.

Der Kaiser ernannte von Roschmann zum Generallandes-Armeekommissär, später abgeändert in Oberlandeskommissär.

Die Erhebung in Tirol plante von Roschmann für den 15.8.1813. Aber es traten Verzögerungen ein. Am 24.8. war Roschmann bei Erzherzog Johann. Die Situation hatte sich kompliziert. Durch das eigenmächtige Handeln des Führers der österreichischen Südarmee, Hiller, und dessen Aufruf an die Tiroler, sich gegen Bayern und Franzosen zu erheben, war der Plan vom Zeitablauf her gestört worden. Roschmann besprach mit Hiller, dessen Truppen als Verstärkung für den geplanten Vormarsch nach Tirol, der nunmehr für den 13.9. geplant war, bereitzustellen. Aber auch dazu kam es nicht, weil Hiller eine Woche vorher unerwarteterweise eine militärische Niederlage hinnehmen musste.

Entscheidend aber war , dass der österreichische Kaiser plötzlich eine Mitwirkung offizieller österreichischer Truppen wieder absagte. Die Tiroler sollten ihren eigenen Aufstand machen; mit Rücksicht auf laufende Verhandlungen mit Bayern wollte Wien nicht mehr mitmachen.

Damit war der Aktion Roschmanns die militärische Durchschlagskraft genommen. Der 13.9. nahm seinen Lauf. Man stieß zwar mit schwachen Kräften vor – das Signal zum Angriff am 13.9. konnte nicht mehr überall zurückgenommen werden –, aber man musste zur Kenntnis nehmen, dass die Bevölkerung einen Anschuss an das offizielle Österreich scheute. Seit Mitte September hielt Graf de Salis mit einer Schützenkompanie Sterzig besetzt, aber sie warben vergebens um Verstärkung durch die Bevölkerung. Es mussten sich Haspinger, Speckbacher, Aschbacher und Eisenstecken einfinden, um den Aufstandswillen der Bevölkerung zu schüren, was nur eingeschränkt gelang.

Roschmann befand sich in einer peinlichen Situation. Am 23.9. schrieb er an Erzherzog Johann: »*Die Schmeicheleien des Auslandes und ein zu rasch überkommenes Ansehen hätten unsere Volksführer verderbt.*« Er schob die Schuld also den Helden des Befreiungskrieges 1809 zu. Gleichzeitig sah er die eigentliche Gefahr in den alten Tiroler Volksführer, die man nicht zu Aufständischen ausbilden dürfe und »*denen man nicht das Volk preisgeben dürfe.*« Damit würde Anarchie drohen. Er bräuchte die regulären K.K.-Truppen zur sicheren Befreiung Tirols. Aber diese militärische Unterstützung kam nicht.

Metternich verhandelte bereits seit 17.9. über Bayerns Abfall von Napoleon. Dem Waffenstillstand mit Österreich folgte Bayerns Neutralitätserklärung an Napoleon vom 21.9. und das bayerische Regierungsmitglied von Wrede drang im Gegensatz zu Montgelas auf einen schnellen Anschuss an die verbündeten Großmächte Preußen und Russland.

Roschmann kam dies nicht ungelegen. Er scheute den Widerstandswillen der alten Helden aus dem Jahre 1809. Er wollte diese nicht durch österreichische Truppen unterstützen, sondern eher kontrollieren. Im Interesse zu erwartender Anerkennung durch den Kaiserhof stellte er sich zwischen Kaiser und dem Tiroler Volk.

Am 10.12. wurde er dementsprechend von Wien aus zum »*provisorischen Landeschef des italienisch-illyrischen Antheils von Tirol*« ernannt. Die illyrischen Provinzen hatten schnell eingenommen werden können. Österreichische Truppen unter General Tomassich rückten zunächst in den Norden vor. Die wenigen französischen Truppen leisteten kaum Widerstand. Am 20.9. marschierten die Österreicher in Dubrovnik ein, die Festung Zadar kapitulierte am 6.12.1813.

Am 1.3.1814 verkündete Roschmann aus Trient eine »*provisorische Organisation der politischen Behörden des italienischen und illyrischen Theiles von Tirol*«.

Im Mai 1814 war der Rückfall Deutsch-Tirols an Österreich entschieden. Roschmann beeilte sich, »*die Zukunft des ganzen Landes in die Hand zu nehmen.*« Erzherzog Johann hatte inzwischen die fragwürdige Rolle Roschmanns durchschaut.

Am 28.7. wurde Roschmann von Wien zum »*wirklichen Hofrat und Einrichtungshofkommissär für Tirol und Vorarlberg*« ernannt.

Roschmann hatte seinen Verwaltungssitz in Innsbruck. Er stellte sich gegen die alte Tiroler Patrioten- und Verfassungspartei, gegen die Föderalisten und Bewahrer der Verfassung Tirols, wie Giovanelli und Binner, diese im engen Kontakt zu Erzherzog Johann.

Die Kritik der Tiroler Bevölkerung an von Roschmann wurde immer größer. Der Kaiserhof konnte nicht umhin, Roschmann durch Ferdinand von Bissingen-Nippenburg zu ersetzen. Bissingen war von 1810 bis 1815 Gouverneur der Teile von Steiermark und Kärnten gewesen, die durch den Frieden von Schönbrunn an Frankreich gefallen waren. Von 1815 bis 1819 war Bissingen dann Gouverneur von Tirol und Vorarlberg, ab 1816 zugleich Landeshauptmann.

Roschmann wurde 1815 zum Oberintendanten der kaiserlichen Armee in Italien bestellt und bald darauf zum Gouverneur des Departements Rhone im besetzten Frankreich mit Sitz in Lyon.

Er verstarb 1830 als pensionierter Hofrat der vereinigten Böhmisch-Österreichischen Hofkanzlei.

2. FREIHERR VON HORMAYR

Nach der Verhaftung Freiherr von Hormayrs am 7.3.1813 verdichteten sich die Informationen – nicht nur durch angebliche Übertreibungen von Roschmanns –, dass Hormayr *»entschlossen gewesen sein soll, für den Fall, dass der Kaiser sich weigerte, Tirol eine selbständige Verfassung anzuerkennen, Johann zum König von Rhätien wählen zu lassen, um dann unter dessen Regierung eine große Rolle spielen zu können.«*
Hormayr wurde in die Festung Munkacs nach Ungarn verbracht. Dort saß er in einer Zelle, die an den Fenstern mit Eisen- und Drahtgittern gesichert war. Schon vor Einleitung der Untersuchung hatte er von Munkacs aus eine schriftliche Erklärung abgegeben. In ihr versuchte er folgendes darzustellen: Erzherzog Johann hätte ihm zugesichert, der Kaiser würde, wenn sich Tirol zur Wiedervereinigung mit Österreich befreit, zwar weder öffentlich noch heimlich helfen, aber die Aktion bzw. deren Umsetzung auch nicht verhindern, sie vielmehr als positives Ereignis ansehen. Nur unter dieser Prämisse habe er im Alpenbund gearbeitet.

Später wurde Freiherr von Hormayr in die Feste Spielberg nach Brünn verbracht, wo Dr. Schneider schon inhaftiert war. Persönlicher Kontakt der beiden wurde unterbunden.

Der Beginn einer gerichtlichen Untersuchung verzögerte sich weiter. Der Kaiserhof in Wien wusste die beiden gut weggesperrt. Obwohl Österreich inzwischen Napoleon den Krieg erklärt hatte, blieb Freiherr von Hormayr weiter in Haft.

Mit den Worten »*Ich fordere Recht und keine Gnade*« wandte er sich an den Polizeichef Hager in Wien. Er bestritt jegliche Schuld.

Demgegenüber sah Kaiser Franz I. in ihm nicht nur den renitenten Staatsbeamten, der es gewagt hatte, seinem Minister vorzugreifen, sondern auch den Revolutionär gegen die Monarchie. Außerdem war offensichtlich, dass der kaiserliche Hof alles vermeiden wollte, den Ruf ihres Büttels Roschmann in Tirol in Frage stellen zu lassen.

Auch Freiherr von Hormayr war es inzwischen klar geworden, dass von Roschmann der Denunziant war. In Briefen an Erzherzog Johann beschreibt Hormayr den Verrat Roschmanns, die Unerbitterlichkeit des Wiener Hofes und sich selbst als Opfer. Besonders schlimm war es für Freiherr von Hormayr, von den Vorgängen in Tirol zu erfahren, den Niedergang Napoleons mitzubekommen und daran nicht mehr mitwirken zu können.

Nach 13 Monaten wurde Freiherr von Hormayr aus der Haft entlassen. Die Zeit der Haftdauer wurde auf eine entsprechende Polizeistrafe angerechnet. Er war allerdings »bis auf weiteren Befehl« in Brünn weiter interniert. Bemühungen, von dort wegzukommen, scheiterten erst einmal.

Am 7.8.1816 wurde aus Wien an Hormayr mitgeteilt, dass er als Historiegraph den Hofratstitel und sein Gehalt behalten darf. Am 30.8.1816 durfte er nach Wien kommen. Am 8.9. traf Freiherr von Hormayr Erzherzog Johann. Die beiderseitige Freude soll groß gewesen sein. Hormayr musste zurück nach Brünn. Ab Mitte November 1814 durfte er wieder auf Dauer in Wien aufhältlich sein.

Nach außen spielte Freiherr von Hofmayr den Dankbaren, im Inneren war er inzwischen voller Hass gegen das Habsburger System. In ausländischen Blättern hetzte er gegen den Kaiserhof in Wien.

1828 wurde Freiherr von Hormayr von König Ludwig I. von Bayern für dauernd nach München berufen. Von dort aus führte er in seinen Werken eine giftspritzende Feder gegen die österreichische Regierung. In der Folgezeit bekleidete er zahlreiche bayerische Staatsämter. 1832 wurde er bayerischer Ministerresident in Hannover, 1839 in Bremen. 1847 kehrte er als Vorstand des allgemeinen Reichsarchivs nach München zurück.

Freiherr von Hormayr verstarb am 5.11.1848 in München.

3. ERZHERZOG JOHANN

Am 7.3.1813 war die Niederschlagung der Verschwörung Alpenbund. Am 8.3. gab Erzherzog Johann dem Kaiser, seinem Bruder – er war zu ihm gerufen worden – das Ehrenwort, seine Erhebungspläne aufzugeben und sich nie wieder an Unternehmungen wie den Alpenbund zu beteiligen.

Erzherzog Johann stellte sich letztendlich als dem Kaiserhaus treu ergeben heraus. In seinem Tagebuch heißt es: »*Ungern gab ich das Ehrenwort, aber wenn mein Herr, statt zu zürnen, alles anwendet, um mich herauszureissen, gut brüderlich zu mir spricht und edel handelt, wie kann ich minder sein. Ich halte bei Gott Wort und sollte ich darüber mich zu Tode grämen, Gott möge es leiten, so wie ich es verdiene.*«

Am 9.3. war Johann bei Minister Metternich. Dieser erreichte, dass Johann eine Generalbeichte ablegte und sich reumütig zeigte.

Das Ende des Alpenbundes zog in Tirol gewaltiges Aufsehen nach sich, aber keine signifikante Reaktion in Richtung Erzherzog Johann. Dieser klammerte sich an die idealisierende Hoffnung, vom kaiserlichen Hof für Tirol verwendet zu werden. Er vertrat die Ansicht, dass es früher oder später wieder zum Krieg kommen müsse. So schrieb er am 30.3.1813 in sein Tagebuch: »*Salis war bey mir, ich hinderte, dass nicht von Seite des Auslands Tirol aufgeregt werde, indem ich die Hoffnung gab, es könne durch uns geschehen.*« »Uns« bedeutete neuerdings er und der österreichische Kaiserhof.

De Salis und Speckbacher waren weiter mit der Planung zur Revolutionierung der Alpenländer befasst. In Bayerisch-Tirol bzw. im Innkreis waren Auflehnungen gegen Rekrutierungen durch Bayern niedergeschlagen worden. Geiseln wurden nach München geschafft. Auch im französischen Tirol führte der rigorose Rekrutierungszwang zu einer verzweifelten Stimmung in der Bevölkerung.

Aber Johann saß isoliert in seinem Schloß in Thernberg, im Süden von Niederösterreich. Er war in depressiver und verzweifelter Gemütsverfassung. Hier bekam er nun die Nachricht von Roschmann bzw. vom Kaiserhof über seine neue, ihm zugedachte Aufgabe in Tirol. Er war freudig überrascht und schickte ein Dankschreiben an den Kaiser. Erzherzog Johann ahnte nichts davon, dass er von Roschmann nur vorgeschoben wurde und Roschmann vom Hofe bereits für höhere als dem Erzherzog zugedachte Aufgaben bestimmt war. Erst Jahre später kam er darauf. In seinem Tagebuch steht: *»Es war eine Fopperei, fürchtete man, ich würde durchgehen, wollte man mich festhalten, oder was war es,– wozu einen zum Narren halten?«*

Erzherzog Johann beobachtete von seinem Wohnsitz in der Steiermark aus den Einmarsch der wenigen österreichischen Truppen ins Tirol. Er wandte sich an den Kaiser und bat, doch die alten Widerständler wie Speckbacher u.a. mehr zu unterstützen. Er erfuhr, dass Metternich eine Nachricht an Roschmann gesandt hatte, was mit dem bayerischen Anteil Tirols zu geschehen habe – Johann fühlte sich ausgeschlossen.

Am 29.6., als sich Roschmann daran machte, ganz Tirol für sich in Anspruch zu nehmen, gab Erzherzog Johann den Abgesandten Tirols den Rat, in Wien gegen Roschmann zu protestieren. Aber er konnte den Aufstieg Roschmanns nicht verhindern.

Bekanntlich wurde Roschmann am 28.7.1814 vorläufiger Kommissär für Tirol und Vorarlberg. Erzherzog Johann versuchte die alte Patrioten- und

Verfassungspartei in Tirol, die Föderalisten zu unterstützen. Letztere arbeiteten an der Autonomie der Verfassung Tirols. Er hatte auch Verbindung zu Freiherr von Hormayr und Dr. Schneider in Brünn. Zentralisten und Föderalisten kämpften um die Verfassung Tirols. Die Föderalisten wollten von der Rekrutierung frei sein und Salzburg wieder haben. Das Provisorium unter von Roschmann, dem Handlanger Wiens sollte aufgehoben werden. Teile dieser Gruppierung wollten Erzherzog Johann als neuen Kommissär.

Die Kritik an Roschmann nahm in Tirol zu. »*Man stehe nun schon fast 2 Monate wieder unter österreichischer Verwaltung, aber an den von Bayern und von der italienischen Regierung eingeführten Gesetzen und von der ihnen gegebene Verfassung sei noch so viel als gar nichts geändert worden.*« Schließlich wurde von Roschmann auf Veranlassung des Kaiserhofes von v. Bissingen-Nippenburg abgelöst.
Am 24.12.1814 stellte Erzherzog Johann fest: »*Bissingen geht nach Tirol, Goas nach Graz. Gott sei Dank endlich…*«

Für Johann gab es allerdings in Tirol keine Verwendung. 1815 wurde Johann »Genie-Director der deutschen Armee«. Nach erfolgreicher Belagerung Hüningens, einer Stadt bei Basel – er befreite die Stadt von den Franzosen –, wurde er nach Paris und England beordert. In England genoss er die besonderen Sympathien des Minister Castlreagh; man wusste vom Alpenbund. Erst am 13.4.1815 betrat er wieder Wiener Boden.

Am 18.2.1823 heiratete er die Bürgerliche Anna Plochl. Johann zog sich wieder auf seinen Landsitz in Thernberg zurück und machte sich weiter um die Steiermark verdient. Er kehrte »zurück zur Natur« als neues Lebensgefühl. Johann wurde zur Symbolfigur des österreichischen und deutschen Biedermeiers. »*Politisch Lied, garstig Lied*« war sein Slogan geworden. Er durchwanderte tagelang die Alpentäler. »*Frei ist die Luft, frei alles, was dort ist.*«

98

Es waren die Jahre, in denen der Liberalismus entstand und die Abkehr vom Feudalismus.

1830 war die Revolution in Frankreich. Sie führte zum Ende der Bourbonen. Die Zeit der Restaurationsepoche war vorbei. Jetzt herrschte das Bürgertum in einem liberalen Königreich.

1840 schrieb Johann in sein Tagebuch: »*Viele betrachten mich als zu rasch, moderne Ansichten habend, einige fürchten sich, ich dürfte sie aus dem gemächlichen Schlaf, aus mancher sehr angenehmen Willkür aufrütteln.*«

In der »Heiligen Allianz« (Österreich, Frankreich, Preußen, Russland und Großbritannien) begann es zu bröckeln. Es gab Missstimmungen zwischen Österreich und Frankreich. Johann hielt ein Zusammengehen von Österreich und Preußen für notwendig. »*so lange Preußen und Österreich, so lange das übrige Deutschland, soweit die deutsche Zunge klingt, einig sind, werden wir unerschütterlich dastehen wie die Felsen unserer Berge.*«

Johann ahnte die Revolution der Deutschen und warnte Metternich, der aber bei seiner freiheitsfeindlichen Innenpolitik blieb. Johann spürte das sogenannte »*Vormärzklima*«. Was Österreich anlangte, verloren Kaiser Franz I. und Metternich für das Volk zunehmend ihre Vorbildfunktion. Erzherzog Johann wurde immer mehr zum Symbol »*eines gewissermaßen legitimistischen Widerstandes*«. Man wollte nicht die Habsburger abschaffen, aber den richtigen Habsburger haben. »*Er war das Symbol einer bürgerlichen Regentschaft, als konstitutionelles Oberhaupt des Deutschen Reiches.*«

Am 29.6.1848 wurde Erzherzog Johann von der Frankfurter Nationalversammlung in der Frankfurter Paulskirche zum Reichsverweser gewählt und wurde damit zum ersten von einem Parlament gewählten deutschen Staatsoberhaupt. Vorgeschlagen worden war er von Heinrich von Gagern, einem Sohn des erwähnten Mitverschwörers des Alpenbundes Christoph Ernst Freiherr von Gagern. Johann hatte sich offensichtlich durch seine

Aktionen – auch beim Alpenbund – als vertrauenswürdiger Anhänger der deutschen Idee erwiesen.

Der Erzherzog wurde damit provisorisches Oberhaupt eines deutschen Staates, der erst entstehen sollte, aber nicht in geplanter Form zustande kam. Nach dem Scheitern der Märzrevolution legte er das Amt Ende 1849 nieder.

Johann wurde Bürgermeister von Staint in der Steiermark.

Er verstarb am 11.5.1859 in Graz und wurde 1869 nach Schloß Schenna in Südtirol überführt.

4. DR. SCHNEIDER

Am 7.3.1813 wurde Dr. Schneider verhaftet und in die Festung Spielberg bei Brünn verbracht. Dort war er 13 Monate inhaftiert.

Er wandte sich an den Präsidenten Hager der Polizeihofstelle und verwies auf die Art der Verhaftung, die sämtlichen Rechtsnormen spotten würde. Er wolle sich hinsichtlich einer gerichtlichen Untersuchung nicht mehr länger vertrösten lassen, »*Mörder und Straßenräuber geniessen den Schutz der Gesetze, gehört und verurteilt zu werden, warum wurde dieses geheiligte Vorrecht an mir verletzt?*« Appelationsrichter Dr. Schneider bekam darauf keine Antwort.
Schneider legte ein umfassendes Geständnis hinsichtlich seiner Mittäterschaft an der Verschwörung Alpenbund ab. Daraufhin durfte ihn seine Ehefrau besuchen, inhaftiert blieb er weiterhin. Zu Freiherr von Hormayr, der inzwischen ebenfalls nach Brünn verbracht worden war, wurde jeglicher Kontakt unterbunden. Erst im März 1814 wollte sich Kaiser Franz I. wieder an das Schicksal Schneiders erinnern. Am 19.3. schrieb er an Metternich, dass man den »Vorgang Schneider« beenden möge. Am 6.4. überreichte Metternich dem Kaiser eine Vorlage, wonach die Zeit gekommen sei,

Schneider – und auch Freiherr von Hormayr – freizulassen. Sie seien nicht mehr gefährlich, da der Gang der Ereignisse selbst deren kühnsten Hoffnungen übertroffen hätte. Von einer offiziellen gerichtlichen Untersuchung wollte er absehen – eine bloße Polizeistrafe könne ausreichen –, »*da dabei nur eine Kapitalstrafe als Hochverräter oder ein Freispruch in Betracht käme, beides würde bei der Öffentlichkeit nicht gut ankommen.*«

So bekam Schneider nach 13 Monaten die Mitteilung der Freilassung; die Zeit der Kerkerhaft wurde als Polizeistrafe angerechnet.

Gegenüber Schneider wurde die Auflage ausgesprochen, »*den Aufenthalt in einer Provinzstadt Meiner Monarchie zu wählen, gegen die Keine Anstände obwalten und wo man ihn beobachten kann.*«

Schneider übersiedelte nach Tulla, später nach St. Pölten. Nach Bregenz durfte er erst nach Abschluss der österreichischen Neuorganisation in Tirol und Vorarlberg. Auch dort wurde er noch unter polizeiliche Beobachtung gestellt.

Dr. Schneider war zum gebrochenen Mann geworden.

Er war noch in Wien tätig und verstarb unerwartet während eines Kuraufenthaltes 1820 in Fideris, Graubünden, erst 43-jährig.

5. FREIHERR VON GAGERN

Freiherr von Gagern versuchte seine Ausweisung zu verhindern. Aber sein Gespräch mit dem befreundeten Minister Metternich war erfolglos.

Am 16.3.1813 machte er eine Eingabe an Kaiser Franz I.: »*Das Vorhaben, Tyrol wieder in Gährung zu bringen habe ich nicht angezettelt, wenn ich es mir schon keineswegs zur Unehre rechnen würde, sondern es lag vollkommen in der Natur der Sache und es Landes, in denen Ideen des Erzherzogs und in* den Ansichten, Berechnungen und Wünschen der hiesigen Häupter von Tyrol und Vorarlberg ...«

Man erkennt den Versuch, im Nachhinein zu betonen, dass der Aufstand im Interesse des Kaiserhauses geschehen sollte. Man habe den ohnehin zu erwartenden Aufstand nur führen wollen, um die Monarchie zu sichern. Das Aufkeimen einer etwa demokratischen Gesinnung sollte unterbunden werden, auch die »Sehnsucht nach fremder Hilfe«.

Und Freiherr von Gagern versicherte weiter: »Niemand unter uns, soviel mir bekannt ist, gehörte zu einer fremden und geheimen Gesellschaft. Den sogenannten Tugendbund kenne ich nur vom Hörensagen...«

Kurz zum Tugendbund:

Der »sittlich-wissenschaftliche Verein« hatte sich im Frühjahr 1808 in Königsberg in Preußen gegründet. Nicht die öffentlichen Vereinsziele machten diesen Verein interessant, sondern die geheime Tendenz, die französische Herrschaft zu bekämpfen. Am 31.12.1809 wurde der Verein auf Veranlassung von Napoleon verboten. In der Folgezeit wurde der Tugendbund wegen *Beförderung der Demagogie«* verdächtigt.

Natürlich lag es nahe, Freiherr von Gagern als den Repräsentanten des Norden Deutschlands im Alpenbund mit dem Tugendbund in Verbindung zu bringen.

Die Eingabe von Gagern wurde negativ verbeschieden. Am 22.3. verließ er Wien in Richtung Breslau, in das preußisch-russische Hauptquartier.

Noch 1813 wurde er Mitglied des Verwaltungsrates für die befreiten deutschen Gebiete unter Freiherr von Stein; er traf dort Graf von Reisach-Steinberg.

Später ernannte ihn der neue König der Niederlande zum leitenden Minister der vier oranischen Fürstentümer in Deutschland. 1815 nahm er als Gesandter des Königs der Niederlande am Wiener Kongress teil. »Er arbeitete an der politischen Einheit und Freiheit der deutschen Nation und forderte die Einführung landständischer Verfassungen in den deutschen Bundesstaaten.«

Am 22.10.1852 verstarb er in Hornau bei Königsstein.

XI. WERTUNG DES ALPENBUNDES.

Richter Y. war in Erinnerung an seine Recherchen zu seinem letzten Urteil im Sessel in sich zusammengesunken. Er öffnet die Augen. Es ist inzwischen dunkel geworden. Die Nacht blickt durch das Fenster in sein Arbeitszimmer. Es gibt keine Geräusche. Er wohnt alleine in seinem Häuschen auf dem Kalvarienberg.

Die elektronische Akte ist geschlossen. Er wird sie erst wieder in München, in der Schleißheimer Straße zum Zwecke der Urteilsberatung und der Urteilsverkündung öffnen.

Die Recherchen haben ihn in die Geschichte um die Jahre 1811/1812/1813 eintauchen lassen. Es war für ihn fesselnd gewesen. Eigentlich wollte er sich nur ein kurzes Geschichtsbild als Verständnishilfe für seine juristische Arbeit verschaffen. Es war ihm gelungen, aber es war mehr. Er hatte es nicht nur noch mit den sieben jungen Angeklagten zu tun, die in der schon erledigten Vernehmung zur Person und Sache recht lebendig waren, jedoch durch geschichtliche Unkenntnisse und eine gewisse Naivität auffielen. Sie hatten bei ihrer Demonstration Namen benutzt, die für das Gericht erst einmal blass und nichtssagend blieben; sie konnten von den jungen Leuten so gut wie nicht beschrieben werden. Die Recherchen haben diese Namen zu Personen und Persönlichkeiten wachsen lassen, lebendiger und interessanter als die Angeklagten selbst.

Richter Y. erkennt im »Alpenbund« eine Verschwörung hochkarätiger, hochpolitischer, akademisch gebildeter Juristen und hoher Staatsbeamte bzw. Richter aus dem bayerischen Königshaus, aus dem nassau-weilburgischen Fürstenhaus und aus dem österreichischen Kaiserhaus. Deren Aushängeschild war niemand geringerer als Erzherzog Johann, der Bruder des österreichischen Kaisers Franz I.

Richter Y. blinzelt und verzieht sein Gesicht. Er hat einen fast verlegenen

Gesichtsausdruck. Darf er überhaupt Geschichte oder Personen der Geschichte bewerten – er als Jurist? Mancher Historiker würde aufschreien und ihm die Kompetenz vehement abstreiten. Und würde er ihnen nicht recht geben und sich ihrer Wissenschaft beugen müssen? Oder etwa doch nicht?

Natürlich sind Juristen überwiegend mit der Aufarbeitung der Gegenwart oder der relativ kurz zurückliegenden Vergangenheit befasst, aber gibt es nicht die für die Auslegung eines Gesetzes heranzuziehende sogenannte subjektive Theorie, die auf den Willen des historischen Gesetzgebers abstellt? Einige Entscheidungen des Bundesgerichtshofs tendieren dahin, andere wiederum nicht. Herrschende Meinung dürfte aber sein, im Rahmen der Auslegung gerade nicht den Willen des historischen Gesetzgebers zu erforschen. Der ließe sich in der Regel auch gar nicht mehr feststellen oder ist durch Änderungen der Lebensverhältnisse überholt. Maßgebend erscheint der im Gesetzeswortlaut objektivierte Wille des Gesetzgebers, wobei auf den Sinn der Norm abzustellen ist – so jedenfalls die Meinung und Rechtsprechung des Bundesverfassungsgerichts.

Also doch nichts mit der »Historienkompetenz« des Juristen. Im Ernst – Richter Y. will nicht mit einem anderen wissenschaftlichen Fachbereich konkurrieren. Er braucht für seine Bewertung die Hilfe der Historiker. Er möchte sich aber die Freiheit bewahren, derer historischen Bewertungen aus kritischer Distanz zu betrachten. Denn er meint die Gefahr zu erkennen, dass manche Historiker fast blinden Glaubens und Vertrauens sind, wenn es um die Beurteilung der Glaubhaftigkeit und der Glaubwürdigkeit von ehemaligen Zeitzeugen geht, ganz überwiegend bloße Zeugen vom Hörensagen. Tut sich ja der Richter mit seinen Zeugen der Gegenwart schon schwer, obwohl diese unter Strafdrohung zur Wahrheit verpflichtet sind. Auch alte Urkunden sind von Menschen ihrer Zeit verfasst und geprägt von ihrer Subjektivität.

Es gehört nicht nur Sachverstand, sondern auch Mut dazu, aus zwangsläufig subjektiv gefärbten Meinungen alter Zeiten, einen einigermaßen objektiven Tatbestand für das Heute herzuleiten. Und es gehört eine Art von Unabhängigkeit dazu, so ähnlich wie ein Richter sie hat; der Historiker müsste unabhängig sein von seinen Auftraggebern, seinem sozialen und politischen Umfeld.

Und Richter Y. möchte bei seiner Bewertung einfach mal mutig sein – und im Jahre 2040 auch unabhängig.

»Der Begriff Alpenbund diente der Vereinigung der Alpenländer, also Tirol, Vorarlberg, Salzburg, Illyrien, Schweiz und Oberitalien zum Zwecke des gemeinsamen Kampfes ihrer Bewohner gegen die französische und bayerische Besatzung.« Es handelte sich dabei um eine revolutionäre Bewegung, die weitgehend in ihren Plänen steckenblieb. Nebulös bleibt, ob die Pläne soweit gingen, dass nicht nur der Wiederanschluss dieser Regionen an das Kaiserhaus Österreich erfolgen oder gar ein eigenes Staatsgebilde Alpenbund gegründet werden sollte. Aktionen, die hierfür getätigt wurden, gingen letztlich durch den Verrat dieser Freiheitsbewegung ins Leere. Deshalb kam es nie zur Gründung eines Alpenbundes im Sinne eines vollständigen Zusammenschlusses der genannten Länder gegen ihre Besatzer. Trotzdem wäre es falsch, insoweit Wikipedia zu folgen, wo festgestellt wird: *»Der Alpenbund hatte keine praktische Auswirkung.«* Die Verschwörung Alpenbund war eine Idee neuer Dimensionen, ob nun territorial oder aufgrund der Einbeziehung der sogenannten deutschen Idee. Auch war es der Versuch, die althergebrachte »Bauern- und Bürgerdemokratie« in den Alpenländern zu sichern. Jedenfalls wurde der Begriff »Alpenbund« zu einem neuen Synonym für den Freiheitskampf.

Die Bewertung des Alpenbundes hängt im übrigen sehr von der Bewertung der daran beteiligten Hauptfiguren Freiherr von Hormayr, Erzherzog Johann, Dr. Schneider, Freiherr von Gagern, Graf von Reisach-Steinberg und von Roschmann – die beiden Letzteren natürlich mit Abstrichen – ab.

1. WERTUNG DER PERSONEN.

FREIHERR VON HORMAYR.

Hormayr war bereits am Freiheitskampf der Tiroler 1809 maßgeblich beteiligt. Er hatte mit Andreas Hofer zusammengearbeitet und hatte damit nicht erst durch die in Wien geschaffene Hofkommission für Tirol und Vorarlberg engste Kontakte zu den alten Widerstandskämpfern wie Speckbacher, Haspinger u.a.. Er war Tiroler, kannte sein Volk und dessen Schicksal. 1809 hatte er auch schon Verbindung zu Vorarlberg bzw. zu seinem Studienfreund Dr. Schneider, den er anlässlich des Aufstandes zum militärischen Führer von Vorarlberg machte.

Er war der politische Kopf der Verschwörung Alpenbund. Ob er auch der alleinige Initiator war, wie vielfach behauptet wird, kann angezweifelt werden. Die ersten gemeinsamen Planungen entstanden erst, nachdem Dr. Schneider Ende 1810 nach Wien gekommen war. Letztlich kann dies dahingestellt bleiben, jedenfalls war und blieb Freiherr von Hormayr die treibende Kraft der Verschwörung.

Neben seinen Kontakten nach Tirol, machte er sich bzw. dem Alpenbund auch die besonderen Verbindungen Dr. Schneiders zum bayerischen Generalkommissär des Illerkreises, August Graf von Reisach-Steinberg und in die Schweiz zu Nutze.

Mit der Gewinnung des Reichsgrafen Freiherr von Gagern erweiterte er das Netzwerk in Richtung Norddeutschland; Wallmoden kam als militärischer Kopf dazu.

Sein Hauptverdienst war wohl, Erzherzog Johann von der Idee des Alpenbundes zu überzeugen. Einerseits gewann er damit einen Angehörigen des habsburgischen Kaiserhauses, andererseits eine absolute Symbolfigur der alpenländischen Bevölkerung. So konnte der Alpenbund den Beteiligten nötigenfalls auch vortäuschen, dass das österreichische Kaiserhaus den geplanten Aufstand zumindest billige. Erleichtert wurde so der Kontakt des Alpenbundes zum Ausland, vor allem zu England. Zusätzlich bediente er sich des Mythos von Johann, den dieser sich in Kärnten, Steiermark, Tirol und Vorarlberg geschaffen hatte.

Soweit da und dort in der Literatur behauptet wird, er habe Erzherzog Johann zur Mitwirkung verführt, mag das emotionale Gemüt Johanns für eine solche Erklärung einladen, aber Freiherr von Hormayr und Erzherzog Johann waren schon im Befreiungskrieg 1809 eng verbunden, vor allem politisch. Was lag da für Freiherr von Hormayr, den ehemaligen Oberintendanten Tirols näher, als auch Johann anzuwerben. Johann war immer ein Befürworter eines Aufstandes der Alpenvölker gewesen. Einzuräumen ist allerdings, dass damit zwei sehr verschiedene Charaktere zusammentrafen, der idealisierende Erzherzog und der hochintelligente, wenn auch unruhige Geist Hormayrs. Dazu war Freiherr von Hormayr von seinem Ehrgeiz getrieben, weiter Karriere zu machen, und wenn es über das Risiko und das Glücksspiel eines Aufstandes geschehen sollte. Die unpolitische Tätigkeit in einem Staatsarchiv oder in der genannten Hofkommission konnte ihn nicht befriedigen. Da mag es schon sein, dass seine Liebe zu seiner Tiroler Heimat zeitweise in den Hintergrund trat und seine Gier nach Erfolg und Bedeutung die eigentliche Triebfeder für seine Rebellentätigkeit wurde.

Er wusste es geschickt, immer wieder aufkeimende Bedenken von Erzherzog Johann zu beschwichtigen. Es habe keinen Sinn, den Kaiser einzuweihen. Vielmehr müsse der Aufstand eigenständig in die Hand genommen werden und so gestaltet werden, dass Tirol seine Bande zum Kaiserhaus aufrechterhalte.

Besonderer Ausdruck seiner Führungsrolle war, dass er sein Haus in Wien zu geheimen Treffen zur Verfügung stellte; er hatte das »Revolutionskabinett« eingerichtet.

Wichtig war die Funktion Hormayrs in der Hofkommission. Damit hatte er die Möglichkeit, sein Netzwerk über die Alpenländer mit offizieller Rechtfertigung zu spannen. Er konnte sein Amt für den Alpenbund missbrauchen. Er eröffnete sich mit den Kontakten zu Graf von Reisach-Steinberg in Kempten, de Salis und Monsignore Verhovacz wichtige Quellen. Über de Salis und dem englischen Agenten King konnte er sich die notwendigen Gelder aus England erhoffen.

Hormayr gab dem Alpenbund mit die Prägung, die diese Verschwörung von anderen dieser Art unterschied. Der Aufstand in den Alpenländern sollte sich ausweiten und die revolutionären Gedanken im Norden Deutschlands fördern.

Somit stellt sich Freiherr von Hormayr als Rebell mit gleichzeitig politischem und egoistischem Kalkül dar, als akademisch gebildeter Adeliger und kaiserlicher Hofbeamter, aber weniger aus Liebe zu Tirol agierend, sondern mehr als kühler Denker und die deutsche Idee einplanend. Man ist versucht zu sagen: »Ein Rebell im weißen Kragen.«

ERZHERZOG JOHANN

Man darf sich von den heroisierenden Berichten nicht täuschen lassen, Erzherzog Johann wurde schon zu seinen Lebzeiten nicht nur idealisierend, sondern auch kritisch betrachtet. So wird er z.B. in den zeitgenössischen Liedern durchaus zwiespältig besungen.

Die Texte gingen von

»Kein Festung habt ihr im Land: Prinz Johann!
Das ist dir eine Schand.«

bis

*»Ich bin der Österreicher Held, wohlbekannt
in der Welt, Erzherzog Johann genennet.«*

Die Geister schieden sich auch 1848/1849 an ihm, als er kurzzeitig Reichsverweser wurde.

So äußerte das Volk seine Bedenken –

*»Jetzt Johann? Und jetzt Stephen, was?
Sprich! Deutsches Volk, was nutzt dir das? Dass du
aufs'Neu geknechtet wirst, o glaub mir doch:
ein Fürst bleibt ein Fürst!«*

aber auch seine Begeisterung:

*»Prinz Johann, nun frisch und munter: fahr darunter,
dass es kracht! Dass sie schaun'ihr blaues
Wunder von der starken Deutschen Macht!«*

Bei der Bewertung seiner Bedeutung als Rebell bzw. Mitglied des Alpenbundes darf auch bei ihm nicht übersehen werden, dass er bereits 1809 am Tiroler Aufstand beteiligt war, dies im Zusammenwirken mit Freiherr von Hormayr, der schon damals der politische Kopf war. Hormayr hatte ihn nicht zur Mitgliedschaft am Alpenbund verführt, sondern Johann war in dieser Zeit der selbstquälerische Zweifler, der sich in seiner Liebe zu Tirol schier verzehrte. Er fühlte sich an der Niederschlagung und an den Blutopfern des alpenländischen Aufstandes zumindest mitschuldig. Ohne Zweifel wollte er jede Gelegenheit nutzen, den geliebten Alpenländern ihre Freiheit zu ermöglichen. So kam ihm der Vorschlag Freiherr von Hormayrs gerade recht. Seine Hinwendung zur alpenländischen Landschaft, seine Zweifeln an sich selbst und seine Neigung zum Idealismus waren die Triebfedern für die Beteiligung an der Verschwörung.

Seine Bedenken, die immer wieder aufflackerten, zeigen, dass er sich dessen bewusst war, einerseits seine kaiserliche Familie zu betrügen, andererseits neue Blutopfer im Alpenland zu riskieren. Das Tiroler Volk sah in ihm ein Symbol für die Freiheit, sonnte er sich darin oder fühlte er sich deshalb mit aller Verantwortung in die Pflicht genommen?

Eine moralische Wertung soll vermieden werden. Die Wertung soll sich auf die Frage seiner Bedeutung für den Alpenbund beschränken. Und diese Bedeutung war groß.

Der Alpenbund ist ohne die Gallionsfigur Erzherzog Johann nicht vorstellbar. Das Tiroler Volk war durch die Niederschlagung des Aufstandes 1809 ausgeblutet, ärmer als je zuvor und bis zur Apathie entmutigt. Die kühlen Politiker und Juristen Freiherr von Hormayr und Dr. Schneider – ob jetzt mit Freiherr von Gagern oder ohne – hätten den Funken eines neuen Aufstandes wohl kaum mehr zum Überspringen bringen können. Da hätten die besten Kontakte zu den alten Widerständlern Speckbacher, Eisenstecken, Haspinger u.a. nichts genutzt; diese waren für das Volk mehr oder weniger verbraucht. *»Die Soziologie und die Psychologie des Widerstandes zeigt, dass ein solcher nur dann funktionieren kann, wenn personalisierte Ideale vorhanden sind.«* Ohne eine solche Bezugsperson nützen die etwa vorhandenen Leitpersonen, bloße Symbole, Agitateure und Provokateure absolut nichts. Und im Alpenbund befand sich überwiegend nur ein solches personifizierte Ideal, nämlich Erzherzog Johann.

Das alpenländische Volk vergötterte Johann, jedenfalls in den Zeiten des Aufstandes. 1809 reichte eine kurze Information, ein kurzer Wink eines Erzherzog Johann und durch die schon entmutigten Aufwiegler gegen Bayern und Franzosen, ob nun in Tirol oder in Vorarlberg, ging ein Ruck; man bäumte sich ein weiteres Mal auf. Dass man dabei in sein Verderben rannte, war dem österreichischen Kaiserhof angekreidet worden, dem Kaiser und Metternich, nicht aber dem Idol, dem Hoffnungsträger Erzherzog Johann. Er konnte auch nichts dafür, dass die österreichischen Truppen ausblieben, dass man sich in Wien gescheut hatte, die Revolution in der Endphase offiziell mit Truppen zu unterstützen und dass Wien, sie – die Tiroler und Vorarlberger – letztendlich im Stich gelassen hatte. Dieses Mal mag und möge es anders geschehen. Wenn einer diese Hoffnung beim enttäuschten Bergvolk noch einmal hätte wecken können, so nur Erzherzog Johann.

So ist als Zwischenergebnis festzustellen:

Erzherzog Johann war für die Verschwörung Alpenbund von erheblicher Bedeutung. Er hätte deren Pläne aufgrund seiner Strahlkraft jedenfalls soweit umsetzen können, als er einen erfolgversprechenden Beginn des Aufstandes hätte sichern können.

Eine andere Frage ist es, ob speziell Johann den Aufstand zu einem End-ziel, zu einer befriedeten Neuorganisation hätte führen können, ob er den dafür notwendigen Charakter hatte. Insoweit sind Zweifel anzumelden. Man kann sich nicht sicher sein, ob Johann der Erwartungshaltung der Völker gerecht geworden wäre.

Erzherzog Johann, obwohl seit seiner Jugend militärisch ausgebildet, stellt sich eher als herzensguter, idealisierender Mensch dar, irgendwo schwach, weil immer wieder von Selbstzweifeln befallen, aber gerade dadurch sen-sibel und edel. Er war offensichtlich ein Mensch, der sich auch gerne in sein Bergland nach Steiermark zurückzog, um die Natur, die dadurch ver-mittelte Freiheit zu genießen, manchmal beleidigt, weil ihm der Kaiserhof nicht die erhoffte Bedeutung beimaß oder ihn als unbequemen, weil mit der gegenwärtigen Politik seines älteren Bruders nicht einverstandenen Menschen abschob.

Erzherzog Johann war Träumer, aber zugleich Visionär. Er liebte nicht nur seine Bergwelt, sondern ahnte das kommende neue Deutschland. Nicht umsonst sprach er immer wieder davon, dass der Aufstand in Tirol zu beginnen habe und sich dann gegen Napoleon von Süden her über ganz Deutschland ausbreiten werde.

Aber reicht dies zu einem Revolutionär, der nicht nur in Plänen des Aufstandes schwelgt, der nicht nur den Beginn eines Aufstandes sichert, sondern diesen zu Ende zu führen hat?

Man stelle sich vor, die Verschwörung Alpenbund wäre nicht verraten worden. Man kann nur Hypothesen aufstellen. Der Beginn des Aufstandes ist absolut realistisch, er wäre auch in naher Zeit erfolgt. Aber wie hätte Erzherzog Johann als Führungsperson des Alpenbundes reagiert, wenn sich das Kaiserhaus empört gezeigt hätte? Eine solche Empörung wäre gerade im Zeitpunkt der noch einigermaßen bestehenden Stärke Napoleons zu erwarten gewesen.

Nun, die Antwort gab womöglich Erzherzog Johann selbst. Man denke an seine Reaktion, nachdem der Alpenbund verraten wurde und er vor den Kaiser und vor Metternich zitiert wurde. Er zeigte sich als treuergebenes Mitglied der Habsburger Familie und »kuschte«.

Angenommen, er hätte den Aufstand trotzdem weitergeführt – gesichert im Verbund der dann auch nicht verhafteten Mitstreiter –, so hätte er entweder wieder die blutige Niederlage der Alpenvölker erleben müssen oder womöglich eine Ausweitung des Aufstandes nach Norddeutschland. Am ersteren wäre er wahrscheinlich psychisch zugrunde gegangen. Eine Ausweitung nach Norddeutschland wäre wohl inzwischen nicht mehr so sehr gegen Napoleon gerichtet gewesen – man denke an die Zeitabfolge des Niedergangs Napoleons – sondern hätte einem neuen Deutschland gegolten, etwa der Befreiung der Bürger von ihren Monarchen, wie wenige Jahrzehnte später. Aber dafür wäre Johann zu sehr monarchischer Gesinnung gewesen. In seinem Tagebuch ist nachzulesen: *»Zu vermeiden alles, was Trennung des Volkes vom Fürsten scheinen könnte.«*

Auch eine Befreiung und Wiederangliederung der Alpenländer an das offizielle Österreich wäre anfangs 1813 politisch nicht möglich gewesen – die noch bestehenden Verpflichtungen des Kaiserhofs gegenüber Napoleon hätten im Wege gestanden.

Der Gedanke einer Neubegründung eines Alpenstaates mit Illyrien, Tirol, den Salzburger Bergen, Vorarlberg mit dem Allgäu, Oberitalien und Teilen der deutschsprachigen Schweiz mag in den Hinterköpfen der Verschwörer, insbesondere bei Erzherzog Johann herumgespukt haben, wäre aber Utopie geblieben. Man kann sich nicht vorstellen, wie dies in Anbetracht des österreichischen Kaiserhauses hätte geschehen sollen. Erzherzog Johann als »König von Rhätien« kann nur als historische Märchengestalt angesehen werden.

Damit ist als Endergebnis festzuhalten, dass sich Erzherzog Johann zumindest schwer getan hätte, die Früchte des geplanten überregionalen Aufstandes – wenn man von solchen überhaupt hätte ausgehen können – zu sichern oder dessen Niederschlagung zu verkraften.

In Anlehnung an von Roschmann könnte man Erzherzog Johann als »Rebell mit grünem Halstuch« bezeichnen.

DR. SCHNEIDER

Im Internet ist unter Wikipedia 2011 zu Dr. Schneider zu lesen:

»Unter dem Einfluß des Geistes der Aufklärung hatten für ihn Werte wie Toleranz, Humanität, Gleichbehandlung der Bürger und Kampf gegen Ungerechtigkeit einen hohen Stellenwert. Wegen dieser für einen Revolutionär untypischen Eigenschaften, seiner Besonnenheit bis hin zur späteren Kapitulation in aussichtsloser Lage bezeichneten ihn radikale Zeitgenossen unberechtigterweise als Verräter.«

Offensichtlich wird insoweit die Universitätsausbildung von Dr. Schneider angesprochen. Er war an der Universität Innsbruck Mitkommilitone von Freiherr von Hormayr und Roschmann.

Die Universität Innsbruck war in dieser Zeit vom Geiste der Aufklärung beherrscht. Das Unterrichtswesen war zentral von Wien aus gelenkt. Die Universität war also keine Schmiede für Revolutionäre, sondern eher für Leute gedacht, die für den Staatsdienst am Kaiserhof herangezogen werden sollten. Als Beispiel seien zwei Autoren von vorgeschriebenen Studienbüchern der juristischen Fakultät genannt: Karl Anton Martini, Professor für Naturrecht in Wien, einer der nachhaltigsten Vorkämpfer der Aufklärung und Joseph Sonnenfels, Professor der Staatswissenschaften in Wien, Herausgeber der aufklärerischen Wochenschrift »Der Mann ohne Vorurteil«, einer der ersten österreichischen Juristen, der die Todesstrafe bekämpfte. Auch Johann Leonhard Banniza und Friedrich Nitsche waren Professoren an der Universität Innsbruck.

Prägender für Schneider dürfte allerdings gewesen sein, gerade die Gefahren einer radikalen Aufklärung in den Alpenländern miterleben zu müssen. Die Euphorie um die Aufklärung überrollte die Traditionen und kulturelle Lebensgewohnheiten des Alpenraumes, ohne den Bewohnern auch nur die Chance einer Assimilation zu geben. Dr. Schneider – ein gelernter Aufklärer – stemmte sich mit aller Macht gegen den Zentralismus und gegen das rücksichtslos aufgedrängte »Moderne«, gegen Eingriffe in Kultur und Rechte der Alpenvölker durch napoleonische und bayerische Machtpolitik.

Unstreitig ist dabei seine auffallende Besonnenheit, die er unter Beweis stellte. Er war ein Meister des politischen Kalküls und der politischen Taktik bis hin zur notwendig erscheinenden Kapitulation. Wir erinnern uns an das Ende des Vorarlberger Aufstandes 1809, als er aus weiser Voraussicht dem bayerischen Königshof gegen den Willen von Teilen der Vorarlberger Bevölkerung den Waffenstillstand anbot. Dieses Geschick machte ihn selbst für die bayerische Regierung in München als möglichen Mitarbeiter interessant. Sie erkannte seine daraus entstehende Gefährlichkeit für sie und wollten ihn für ihre eigene Politik binden.

Auffallend auch sein Talent, 1809 das bayerische Spezialgericht in Lindau zur Bühne der eigenen Verteidigung und des politischen und moralischen Angriffs gegen Montgelas umfunktioniert zu haben. Das Büchlein »Der Alpenrebell – Dr. Anton Schneider 1777-1812 – eine Prozeßgeschichte aus der Zeit Andreas Hofers« von Hansjörg Straßer, 1987, Verlag für Heimatpflege im Heimatbund Allgäu e.V. beschreibt die interessanten Details.

Daneben konnte Dr. Schneider seine Erfahrungen und sein Ansehen als ehemaliger Kämpfer für Tirol 1799 und als ehemaliger ziviler und militärischer Generalkommissär für Vorarlberg im Jahre 1809 in den Alpenbund einbringen.

Er war auch wertvolle Kontaktperson zur Schweiz, zu Vorarlberg, ja zum gesamten bayerischen Illerkreis. Er gewann den bayerischen Generalkommissär Graf von Reisach-Steinberg in Kempten zumindest als Sympathisant und Informant. Diese Art der Flexibilität beschreibt den Charakter Schneiders. Einerseits vermochte er gewisses Wohlwollen des Bayerischen Königshofes zu gewinnen – ihm sollte im Falle der »Pazifizierung des Landes« Straflosigkeit und Belohnung zukommen –, andererseits kooperierte er mit dem hohen bayerischen Beamten Graf von Reisach-Steinberg in Sachen Alpenbund, also in Sachen Aufstand gegen Bayern und Franzosen.

Von Freiherr von Hormayr unterschied ihn, dass bei ihm nicht der Ehrgeiz nach einem öffentlichen Amt die Triebfeder war, sondern die Liebe zu seinen Vorarlbergern bzw. zur Allgäuer Landschaft. Diese Region hatte lange in Frieden gelebt und eine eigene politische und kulturelle Struktur entwickelt, die Ähnlichkeiten mit der Schweiz aufwies – diese wollte er bewahren und verteidigen. Auch hatte er Familie, die er entwurzelt sah.

Am 26.6. bzw. 7.7.1814 musste Bayern Tirol ohne Vils und Vorarlberg ohne das Westallgäu, also ohne das Landgericht Weiler und ohne die ehemalige Grafschaft Königsegg-Rothenfels wieder an Österreich zurückgeben. Dr. Schneider war nicht nur glücklich darüber. Er erkannte, dass die alten Zeiten nicht mehr wiederkehren werden und Wien mit seinem Zentralismus seiner Heimat ähnlich näher rückt wie München nahe war. Auch Dr. Schneider war im Herzen »Föderalist« und Demokrat. Bereits im Sommer 1814 wandte er sich mit den »Provinzialisten« wie Dr. von Plattner, Dr. von Grabmayr, Josef von Giovanelli und Binner gegen den vorläufigen österreichischen Statthalter von Tirol, von Roschmann und schickte die bekannte Abordnung nach Wien. Gefordert wurde vom kaiserlichen Hof *»der Einfluß der Stände auf Justiz- und Polizeigesetzgebung, das ausschließliche Recht, die Steuern auszuschreiben, einzuziehen und zu verwalten und das Recht und die Pflicht zur eigenen Landesverteidigung nach der alten Verfassung«.* Zwar wurde Roschmann bekanntlich durch von Bissingen ersetzt, eine Änderung trat jedoch nicht ein.

Schneiders Bewerbung um die Stelle des Kreishauptmanns in Bregenz wurde vom Kaiser abschlägig verbeschieden.

Sein früher Tod kann als Folge seiner Enttäuschungen angesehen werden. Er erlag einem schweren Lungenleiden, das er sich während seiner Haft in Brünn zugezogen hatte.

Ein Indiz für die Bedeutung Dr. Schneiders sind die Ehrungen, die ihm nach seinem Tode zuteil wurden.

Erzherzog Johann ließ ihm anlässlich seiner Beisetzung am 19.7.1820 auf dem Friedhof von Zizers eine Gedenktafel errichten. Am 10.7.1910 war die Enthüllung des Anton Schneider-Denkmals in Bregenz. 1984 fand die Ausstellung des Vorarlberger Landesarchivs »Dr. Anton Schneider –

der Vorarlberger Andreas Hofer?« in Bregenz statt.

Dr. Schneider könnte man als »Rebell mit Herzblut und Besonnenheit« bezeichnen.

FREIHERR VON GAGERN

Mit Freiherr von Gagern hatte der Alpenbund den vierten akademisch ausgebildeten Juristen in seinen Reihen, dazu einen ehemaligen Regierungspräsidenten. Gagern war ein unerbitterlicher Gegner Napoleons, ein deutscher Patriot und einer, der daran glaubte, dass der Aufstand in Tirol und Vorarlberg die Lawine zum großflächigen Aufstand bis in den deutschen Norden auslöse.

Ihm ging es nicht so sehr um die alpenländische Bevölkerung und deren Kultur, sondern um die Initialzündung, die diese Völker auslösen würden. Er traute es ihnen zu; die bisherige Geschichte der alpinen Volksbewegung hatte großen Eindruck auf ihn gemacht. Natürlich hatten sich auch im deutschen Norden Revolutionsnester gegen Napoleon und für einen neuen deutschen Staat gebildet, so auch der sogenannte »Tugendbund«, aber sein Vertrauen lag in Österreich, in Tirol und Vorarlberg. Deshalb war er nach Wien gekommen.

Im Alpenbund konnte er mit seinen zahlreichen politischen Kontakten wirken. Er war ein Freund von Metternich. Damit bot er sich für die Verschwörung auch als Tarnung an.

Am meisten beschreibt seine Bedeutung der Umstand, dass er nach seiner Ausweisung aus Wien, sofort Mitglied des Verwaltungsrates für die befreiten Gebiete unter Freiherr vom und zum Stein wurde. »Nenne mir deine Freunde, und ich weiß, wer du bist.«

Heinrich Friedrich Karl vom und zum Stein wurde in Nassau – dort wo

Freiherr von Gagern in Amt und Würde gewesen war – geboren; er hatte ebenfalls an der Universität Göttingen Rechtswissenschaft studiert. Seine Frau war Gräfin Wilhelmine von Wallmoden, die Tochter des hannoveranischen Generals Johann Wilhelm von Wallmoden-Gimborus. Wallmoden trat auch als militärischer Berater des Alpenbundes in Erscheinung. 1780 ging Stein unter Friedrich dem Großen in preußische Dienste. Er wurde einer der großen Reformer Preußens und zum Minister ernannt. Napoleon überrollte auch Preußen. Die Erhebung Spaniens und die Freiheitskämpfe in den Alpenländern weckte in von Stein die Hoffnung auf den baldigen Beginn gesamtdeutscher Freiheitskämpfe. Napoleon erklärte von Stein zum Feind Frankreichs. Er wurde auf Druck Napoleons 1808 von Friedrich Wilhelm III. von Preußen entlassen. Stein flüchtete nach Böhmen und lebte dort mehr als drei Jahre. Er, der vergebens auf Aufstände in den napoleonischen Staaten Königreich Westphalen und Großherzogtum Berg gehofft hatte, war ein großer Bewunderer des kompromisslosen Tiroler Aufstandes. Stein schuf einen deutschen antinapoleonischen Widerstand. Er unterstützte von Gruner, der von Prag aus den Aufbau eines Spionage- und Agentennetzes betrieb. Stein entwickelte Ende 1812 in seiner Petersburger Denkschrift den Plan für einen Krieg in Deutschland gegen Napoleon. Nach dem Rückzug der napoleonischen Armee aus Russland ließ Stein im Auftrag des Zaren in Ostpreußen Landwehreinheiten bilden. Er drängte den preußischen König zum Seitenwechsel. Der Befreiungskrieg wurde proklamiert. Stein wurde Chef einer alliierten Zentralverwaltungsbehörde. Zu den verwalteten Gebieten gehörten Westphalen, Berg, Frankfurt und Sachsen.

Von Gagern wurde nach seiner Ausweisung sofort Mitglied eben dieses Verwaltungsrates.

Dieser kurze Ausflug in die Geschichte des Norden Deutschlands beweist, in welche Verbindungen Freiherr von Gagern und damit der Alpenbund eingebettet waren.

Freiherr von Gagern war eindeutig das Mitglied des Alpenbundes, dem die »deutsche Idee« am nächsten lag. Er war »Rebell und deutscher Diplomat«.

GRAF VON REISACH-STEINBERG

Graf von Reisach-Steinberg hatte nicht den direkten Draht zum Standort des Alpenbundes in Wien. Er hielt die Verbindung über Boten aufrecht. Freiherr von Hormayr, Erzherzog Johann und Freiherr von Gagern hatte er bis zur Niederschlagung des Alpenbundes nicht persönlich kennengelernt bzw. war diesen nie gegenübergestanden. Hormayr beschreibt ihn in seinen Briefen eher als Informanten, als einen, der aus dem bayerischen Illerkreis, aus Vorarlberg und dem Allgäuer Raum bis in das gesamte Schwaben hinein die neuesten Stimmungsbilder über potentielle Aufständische an den Alpenbund berichtete. Aber er stellte ihn auch als *nicht zu umgehende Person* dar, die es ermöglichte, den Königshof in München hinsichtlich konkreter Aktionen der Aufständischen zu täuschen.

Allerdings ist nicht zu unterschätzen, dass Reisach enge Kontakte zur Graubündener Familie de Salis hatte, und vor allem zu Dr. Schneider.

Reisachs Bruder Louis Graf von Reisach-Steinberg war mit der Gräfin Salis-Soglio verheiratet. Die Gräfin war Sympathisantin und Gehilfin der Alpenbundverschwörung. Ihr Vater, Freiherr von Salis-Soglio, war in Wien tätig. Graf Alois von Rechberg, späterer bayerischer Minister, hatte wohl nicht ohne Grund die Befürchtung, dass der Kemptener Generalkommissär Verbindung zu de Salis-Soglio aufnimmt, um an den Alpenbund heranzukommen. Zudem ist anzunehmen, dass Graf von Reisach-Steinberg damit auch allgemein Zugang zu dem Bündner Adelsgeschlecht der Salis in Chur und vor allem zu Graf de Salis, dem einstigen Vertreter Graubündens am Wiener Hof hatte. De Salis hatte die Engländer schon Mitte 1810 gebeten, den alpinen Aufstand finanziell zu unterstützen. Er sollte für den Aufstand in der Schweiz verantwortlich sein. 1812 und 1813 hatte er eine geheime Unterredung mit dem englischen Agenten Cruickshank.

»Of an old Grison family, till lately resident in England, now in the Austrian dominions and as it seems chief weaver of the Alpine plan.« Nach einem Gespräch mit dem englischen Agenten King meldete dieser nach England: *»Revolten in der Schweiz, Graubünden, Veltelin, Tirol, Vorarlberg und angrenzende Teile Italiens.«* Ab 1812 war er nachweislich Informant für Freiherr von Hormayr bzw. den Alpenbund. Er galt als das Haupt der in Österreich lebenden Schweizer. Im Januar 1813 hatte Dr. Schneider zu de Salis Verbindung aufgenommen. Er sollte die von Lord Walpole in England in Aussicht gestellten Gelder in Empfang nehmen.

Mehr noch hob Graf von Reisach-Steinberg die Freundschaft mit Dr. Anton Schneider über die bloße Gehilfenstellung hinaus.

Als Graf von Reisach-Steinberg als Generalkommissär in Kempten, Hauptstadt des Illerkreises, residierte, monierte er, dass die bayerischen Gesetze für Vorarlberg nicht geeignet seien. Sie seien *»Quelle des jammervollen, unglücklichen Zustandes dieses Landes und der gerechten Unzufriedenheit seiner Bewohner.«* Er beklagte, dass Vorarlberg an Steuern und Gebühren wohl sechs- bis achtmal so viel bezahlen müsse wie in den Zeiten unter Österreich. Er engagierte sich öffentlich für die Belange der von Bayern annektierten Landstriche. Er wirkte auch – gerade in Verbindung mit Dr. Schneider – mäßigend auf die Aufständischen ein. So war es mit sein Beitrag, dass der Aufstand 1809 deutlich früher beendet wurde als in Tirol. Reisach wandte sich gegen Beaumont, der nach der Niederschlagung des Aufstandes zur Abschreckung zehn Häuser in Bregenz niederbrennen lassen wollte. Er hielt die Ruhe in Vorarlberg dadurch aufrecht, dass er den Franzosen wieder die Polizeiaufsicht entnahm und diese den bislang zuständigen Organen zurückgab; in Bregenz setzte er eine außerordentliche Polizeibehörde ein. Reisach beschwerte sich bei höchsten französischen Stellen, nachdem Beaumont Vorarlberger Geisel ausgehoben hatte, die bis nach Belgien verbracht worden waren. Im Februar 1810 wurden sie mit Hilfe Reisachs wieder frei. Er verhinderte, dass Beaumont Dr. Schneider vor ein französisches Kriegsgericht stellte und ihn planmäßig erschießen ließ. Er bewog Schneider, sich dem bayerischen Spezialgericht in Lindau zu unterwerfen. Reisach sorgte dafür, dass das Spezialgericht in Lindau mit seinem engen Vertrauten und Kreisrat von Preuß als Kronfiskal, also als Staatsanwalt besetzt wurde, um über diesen seinen Einfluss geltend machen zu können. Reisach gelang es im Interesse Schneiders, diesen nicht vom Spezialgericht selbst vernehmen zu lassen, sondern erst von seinem Vertrauten, dem Kronfiskal. Reisach ließ nach München berichten, dass dieses Zivilverhör zu viel »*Habsucht und Willkür*« von bayerischen Beamten zu Tage bringe. Es sei deshalb nicht anzuraten, ein Gerichtsverfahren unter den Augen der Öffentlichkeit durchzuführen.

Daraufhin wurde das Spezialgericht aufgelöst. Dr. Schneider wurde am 26.12.1809 von Reisach mit nach Kempten genommen, später in Anbetracht des französischen Interesses an der Person Schneiders in Schutzhaft genommen. Ende 1810 erging Anweisung des Bayerischen Königshofes an Reisach, Schneider seine Ausweisung bekanntzugeben. Reisach beorderte Dr. Schneider nach Kempten und es kam zu einer Unterredung unter vier Augen. Otto Rieder schrieb dazu: »*…Aber ein undurchdringlicher Schleier bedeckte die näheren Umstände, von welchem die Eröffnung des königlichen Befehls begleitet war,. Schneider reiste sofort nach Wien…*«

Reisach bemühte sich darum, dass Schneider sein Anwesen Mehrerau in Bregenz günstig verkaufen konnte. Er brachte die Abgeordneten aller Vorarlberger Landgerichte dazu, das ehemalige Kloster abzukaufen und es an die Ehefrau des Bayerischen Königs zu schenken. Bis zur Auszahlung des Kaufpreises übernahm Reisach die Verwaltung des Gutes. Am 30.7.1811 kam Schneider nach Bregenz, um das Geschäft endgültig abzuwickeln. Es gab Verzögerungen und der Königshof in München war in Sorge wegen der Anwesenheit Schneiders in der Vorarlberger Region. Er wurde ausgewiesen. Die Abreise war am 19.12.1811. Reisach hatte Dr. Schneider den Pass übergeben.

Dieser nochmals zusammengefasste Geschehensablauf 1809 bis 1811 zeigt die enge Verbundenheit zwischen Graf von Reisach-Steinberg und Dr. Schneider. Es ist nur als logische Folge anzusehen, dass Dr. Schneider Ende 1810, als er in Wien auf Freiherr von Hormayr traf und die Alpenbundverschwörung am Entstehen war, Graf von Reisach-Steinberg als wertvolle Kontaktperson im Westen nannte und dementsprechend in der Folgezeit auch Freiherr von Hormayr Verbindung zu Graf von Reisach-Steinberg über Boten aufnahm.

Das Verhalten der bayerischen Regierung selbst beschreibt die Bedeutung, die Graf von Reisach-Steinberg im Rahmen des Alpenbundes beizumessen ist.

Er war in der Zeit vor seiner Entlassung am 20.2.1813 von bayerischen Polizeispitzeln umgeben. Man ahnte in München seine besondere Beziehung zu den Aufständischen. Man startete den Versuch, Reisach über ein Gerichtsverfahren wegen Veruntreuungen von Staatsgeldern abzuschießen. Dies misslang mit der Entscheidung des Appelationsgerichts Memmingen vom 1.12.1812, die der König gar »als Freispruch« sanktionierte. Es war die geheimnisvolle Reise Reisachs nach Zirl, die den Ausschlag gab. München schob »administrative Erwägungen« vor, die dann zur Entlassung Graf von Reisach-Steinbergs aus dem Amte des Generalkommissärs in Kempten führte. Grund für die Entlassung konnten jedenfalls nicht die Vorwürfe der Veruntreuung gewesen sein, deren fehlende Nachweisbarkeit von Seiten des Königs vorher sogar bestätigt worden war. Beachtlich ist auch der zeitliche Zusammenhang. Reisach wurde am 20.2.1813 entlassen, die anderen Mitglieder des Alpenbundes in Wien wurden am 7.3.1813 verhaftet.

Auch das Verhalten Reisachs selbst beschreibt den Umfang seiner Teilnahme an der Verschwörung Alpenbund. Er berichtete später, dass er Enthüllungen in den Briefen Freiherr von Hormayrs fürchtete. Und er fürchtete um sein Leben, wie Gräfin Salis-Soglio bekanntlich nach Wien berichtete. So sah sich Graf von Reisach-Steinberg zur Flucht gezwungen.

Ein weiteres Indiz für die politische Bedeutung Reisachs für den Königshof ist der heftige, in der Öffentlichkeit geführte Schlagabtausch zwischen Graf von Reisach-Steinberg und dem bayerischen Minister Montgelas in der Folgezeit. Auch wenn man das Gerichtsverfahren und die Urteile des Appelationsgerichts Neuburg und des Oberappelationsgericht in München als unparteiisch und rechtsfehlerfrei bzw. von der Sache her als begründet ansehen wollte, fällt doch die Vehemenz auf, in der Graf von Reisach-Steinberg von Montgelas verfolgt wurde.

Beide Seiten scheuten sich nicht, über Pamphlete und Gegenpamphlete in der Öffentlichkeit »schmutzige Wäsche zu waschen.« Auf die Rechtfertigungsschrift Reisachs »*Der Graf Karl August von Reisach Steinberg an das Teutsch Volk. Deutschland im ersten Jahre der wieder hergestellten Preßfreiheit 1814*« folgten öffentliche Hasstiraden Montgelas', wenn auch verständlicherweise provoziert durch Formulierungen Reisachs wie »*Maximilian Joseph, König von Baiern, wird der Treue, der Liebe und Anhänglichkeit seines Volkes stets gewiß seyn, darüber ist in ganz Teutschland nur eine Stimme, aber wenn ein Minister von Montgelas die Kräfte des Staates unnütz verschleudert, den Kredit des Volks und des Fürsten untergraben, den Wohlstand aller Stände vernichtet, Gemeinden, Kirchen und Stiftungen ihres Vermögens beraubt, und eine auf heilige Rechte gegründete Verfassung, welche verbessert werden konnte, umgestürzt hat, um eine gränzenlose Unordnung und Verwirrung über ganz Baiern zu verbreiten, so darf wohl ein ihm zum Baierischen Catilina und Veres gestempelter Mann sich ihm gegenüber stellen…*«

Im Zusammenhang mit den ihm vorgeworfenen Veruntreuungen beklagte er die angebliche Zerschlagung seines ganzen Vermögens, dies vor allem durch seine Versetzung von Augsburg nach Kempten. Es sei ihm in Anbetracht der französischen Besetzung um die Linderung der Leiden der Bürger gegangen, dafür habe er Gelder ausgegeben, nicht für sich selbst. Nicht von der Hand zu weisen sind seine Einlassungen, dass er für seine erfolgreichen Bemühungen, den Aufstand in Tirol in Grenzen zu halten und schnell zu beenden, vom Königshaus nicht entlohnt wurde. Geldmittel für seine erfolgreiche, aber auch finanziell belastende Arbeit im Kontakt zur französischen Besatzungsmacht unter Graf von Beaumont seien nicht geflossen, auch nicht in Verbindung mit den ihm angewiesenen Tätigkeiten als Abgeordneter des bayerischen Königshauses gegenüber dem König von Württemberg und für Verhandlungen mit der Schweiz, um den Krieg in Vorarlberg zu beenden.

Auch auf die Vorwürfe der Veruntreuung von Geldern des Leih- und Pfandhauses wurde in dieser Schrift detailliert eingegangen. Das aus dem Leihhaus entnommene Kapital *»wurde aus dem gesamten Zusammenhang der Kriegsangelegenheiten herausgerissen, und zum Anklagepunkt gegen mich aufgestellt«*, weiter, *»Über mein Vermögen hatte man in den Baierischen Zeitungen einen Universal=Konkurs ausgewiesen, ohne mir, oder meinen Geschäftsmännern auch nur ein Wort davon mitzuteilen.«*
Hinsichtlich des Vorwurfes, »freiwillige Lotterie-Anlehen« (oder »Anleihen«; der Sprachgebrauch ist in der Literatur unterschiedlich) missbraucht zu haben, führte Graf von Reisach-Steinberg aus, dass er bei dem staatlichen Versuch, »freiwillige Lotterie-Anlehen« zum Zwecke des Ausgleichs der hohen Staatsverschuldung anzubieten, von dem bayerischen Finanzexperten von Utzschneider angesprochen worden sei. Der Leiter dieser Aktion in Landsberg habe vorgeschlagen, das Geschäft des »freiwilligen Lotterie-Anlehen« im Illerkreis zu übernehmen. Er habe diese Aufgabe nicht in seiner Eigenschaft als Generalkommissär übernommen – Utzheimer hätte ihm insoweit wegen fehlender Kompetenz auch keine Anweisungen erteilen können –, sondern freiwillig und privat. In der Anklage werde kein Unterschied zwischen Dienst- und Privatgeschäft gemacht. *»Die Einlösung der Staatsobligationen, die während dieses Geschäfts von mir öffentlich und ohne allen Scheu bewirkt wurde, hat weder den Staatskredit, noch den Besitzern dieser Obligationen geschadet, weil sie in einem Werth übernommen wurden, wie sie gewiß keiner der hohen und jüdischen Obligationshändler dagethan hätte, und weil die bedungenen Zahlungen auf Tag und Stunde richtig geleistet wurden, was die Besitzer bis dahin so selten zu erfahren gewöhnt waren.«*

Natürlich ist einzuräumen, dass sich Graf von Reisach-Steinberg in seiner öffentlichen Verteidigungsschrift im besten Lichte darzustellen versucht, aber seine Erklärungen sollten nicht verschwiegen werden. Jeder Angeklagte hat das Recht, Gehör zu bekommen. Eine Wertung der Glaubhaftigkeit und Glaubwürdigkeit würde hier den Rahmen sprengen. Es soll nur angedeutet werden, dass die Verurteilung Reisachs in Abwesenheit zumindest fragwürdig erscheint. Graf von Reisach-Steinberg formulierte dies so:

»Dass die Gerichte ihren Gang in Baiern gehen, darüber habe ich nur zu sprechende Beweise, auch eben deßwegen, weil man dort den Prozeß mit der Exekution anfängt, und mich schon verdammt, ohne mich zuvor gehört zu haben, so ist für mich nichts mehr zu gewinnen.«

Zusammenfassend drängt sich die Frage auf, ob der bayerische Königshof nicht mehr über eine Mittäterschaft Reisachs am Alpenbund wusste und die Entlassung vom 20.2.1813 und die beschriebene Verfolgung sich daraus erklärten. Es kann nur darüber spekuliert werden, ob nicht Graf von Reisach-Steinberg engeren Kontakt zu seinem Kollegen im Inn-Salzachkreis hatte, zu Kronprinz Ludwig, der in seinem Kreis ähnlich beliebt war wie Graf von Reisach-Steinberg im Illerkreis. Bekanntlich war der Kronprinz seit jeher ein Gegner von Montgelas, von dem Graf von Reisach-Steinberg derart vehement verfolgt wurde. Soweit Graf von Reisach-Steinberg tatsächlich Veruntreuungen von Staatsgeldern begangen haben sollte, so waren sie jedenfalls nicht Grund der Entlassung vom 20.2.1813. Die Entscheidungen des Appelationsgerichts Memmingen und des bayerischen Königs weisen dies aus. Erst in der Folgezeit wurde der Gesamtvorwurf erhoben, womöglich auch zur nachträglichen Rechtfertigung seiner Entlassung, die im Entlassungszeitpunkt nur mit *»administrativen Erwägungen«* begründet worden war.

Reisach war zweifellos eine schillernde Figur. Er war bei der Bevölkerung sowohl im Illerkreis, als auch später in der Ober- und Unterlausitz beliebt. Seine womöglich gegebenen finanziellen Eskapaden mögen Charakterschwäche zeigen, sind aber für die Bewertung seiner Teilnahme an der

Verschwörung Alpenbund nicht relevant. Sie wurden aufgezeigt, um zu beweisen, dass sie jedenfalls nicht Grund für seine Entlassung waren. Im übrigen zeigen die Reaktionen der bayerischen Regierung, wie ernst Graf von Reisach-Steinberg als politischer Gegner genommen wurde.

Abschließend bleibt festzustellen, dass Graf von Reisach-Steinberg als Generalkommissär des Illerkreises in Kempten für die Verschwörung Alpenbund mehr war als ein bloßer Informant, er war Gehilfe größerer Bedeutung, vielleicht sogar – und dies kann nur vermutet werden – durch seine menschliche Nähe zu Dr. Schneider und zur Landschaft des Illerkreises eine Art Mittäter durch psychischen Beistand. München hatte ihn nach der Flucht zuerst im Süden gesucht, auch in der Schweiz, aufgetaucht war er wie Freiherr von Gagern bei Freiherr von Stein in Preußen. Das zeigt, dass er nicht nur mit der Idee des Alpenländischen Aufstandes verbunden war, sondern auch mit der deutschen Idee.
Graf Karl August von Reisach-Steinberg war ein »schillernder Rebell«.

VON ROSCHMANN

Roschmanns Bedeutung für den Alpenbund erschöpft sich nicht in seinem Verrat.

Er, ähnlich vom Ehrgeiz nach Karriere besessen wie Freiherr von Hormayr, ging den anderen Weg. Ihn als bloßen »Verräter« abzutun, würde seiner Bedeutung nicht gerecht werden.

Er war Tiroler, ebenfalls geprägt durch die Kontakte anlässlich seines Studiums an der Universität Innsbruck und war wesentliches Mitglied der Tiroler Volkserhebung 1809 gewesen. Er genoss damals das volle Vertrauen von Freiherr von Hormayr, der ihm 1809 sogar die Leitung der Landesverteidigung übertrug. Der spätere Oberlandeskommissär wurde nach seiner Flucht nach Wien Mitglied der bekannten Hofkommission wie Freiherr von Hormayr. Auch sein späterer Werdegang zeigt sein Engagement für Tirol. Allerdings war er für das Volk emotional keiner der ihren, sondern eben ein hoher kaiserlicher Hofbeamter. Er selbst identifizierte sich auch als solcher und sah damit nur die Alternative zwischen »Verrat am Alpenbund« oder »Verrat an der offiziellen Politik des Kaiserhofes«. Es sollte ihm von den Historikern nicht angelastet werden, dass er der Integrität zum Kaiserhof den Vorzug gab.

Damit war von Roschmann 1809 Aufständischer gegen Bayern und Franzosen gewesen, nicht aber beständiges Mitglied der Verschwörung Alpenbund. Und trotzdem wurde er Freiheitskämpfer des Jahres 1813.

Er, das ausgeschiedene Mitglied des ehemaligen Alpenbundes hatte wenig später als kaisertreuer Aufständischer – neben Erzherzog Johann, den er als Aushängeschild beizog – plötzlich die Möglichkeit, die Pläne des Alpenbundes umzusetzen. Das politische Geschehen hatte sich durch den zunehmenden Niedergang Napoleons schicksalhaft verändert. Was kurz vorher niemand für möglich gehalten hatte, Wien proklamierte den offiziellen Aufstand in den Alpenländern. Roschmann zeigte in der Hinzuziehung von Erzherzog Johann seine politische Cleverness. Andererseits wurde er erneut zum Verräter, weil er von einer Teilnahme Freiherr von Hormayrs und Dr. Schneider abriet; er wollte keine politischen Köpfe von Format neben sich haben. Er hoffte, dass Johann die Völker bewegen würde, das offizielle Österreich würde es nicht können. Aber das Tiroler Volk blieb relativ passiv. Es zeigte ein feines Gespür. Sie erkannten Johann als nunmehrige Gallionsfigur des Kaiserhofs, das war nicht der Johann ihrer Aufstandspolitik. Somit erlebte der Freiheitskämpfer von Roschmann nur noch ein schwaches Aufglimmen einer alpenländischen Revolution. Auch der Kaiserhof hatte inzwischen wieder einen Rückzieher gemacht. Das Geschehen wurde vom Mai/Juni 1814 überholt, als Bayern die besetzten Gebiete Tirol und Vorarlberg wieder an Österreich zurückgeben musste.

Typisch für Roschmann war sein ständiges Bestreben, sich von den »alten Helden Tirols aus dem Jahre 1809« abzugrenzen. Allerdings waren es gerade diese – mit Dr. Schneider, Freiherr von Hormayr und Erzherzog Johann –, die seine Ablösung und die Nachfolge von Bissingen 1815 erreichten.

Von Roschmann kann man als den »kaisertreuen Rebell« im Alpenbund bezeichnen.

2. ALLGEMEINE WERTUNG.

A) TÄTERPROFIL.

Wollte man ein Täterprofil zeichnen, so fällt auf, dass von den sechs angesprochenen Hauptfiguren des Alpenbundes fünf akademisch ausgebildete Juristen waren, drei von der Universität Innsbruck, einer von der Universität Ingolstadt und einer von der Universität Leipzig bzw. Göttingen. Erzherzog Johann war dem Militär zuzurechnen.

Im Zeitpunkt der Entstehung des Alpenbundes 1811 waren sie zwischen 29 und 37 Jahre alt, Freiherr von Gagern war 45.

Alle bekleideten sie schon in jungen Jahren exponierte Stellungen in ihrem jeweiligen Staatsapparat.

Gemeinsames Anliegen war die Befreiung der genannten Alpenländer. Hormayr, Erzherzog Johann, Dr. Anton Schneider und von Roschmann waren bereits an den Freiheitskämpfen des Jahres 1809 und früher beteiligt. Festzustellen ist, dass sie sich damit identifizierten, mag auch bei Freiherr von Hormayr und von Roschmann der persönliche Ehrgeiz eine wichtige Triebfeder gewesen sein.

Ihre Entwicklung nach 1812/1813 ist starkes Indiz dafür, dass sie schon zu Zeiten des Alpenbundes mit der sogenannten deutschen Idee sympathisierten. Die Verschwörung Alpenbund sprach immer davon, dass sich der

Aufstand in den Alpen überregional und lawinenartig in den Norden Deutschlands fortsetzen könnte oder sollte. Freiherr von Gagern und Graf von Reisach-Steinberg fanden nach dem Ende des Alpenbundes sofort eine Anstellung unter von Stein im Norden, Freiherr von Hormayr eine solche beim bayerischen Königshof in München, der spätestens mit Absetzung des Ministers Montgelas gegenüber dem deutschen Nationalismus offen war. Roschmann als »Verräter« bleibt insoweit außerhalb der Bewertung. Dr. Schneider verstarb zu früh. Erzherzog Johann wurde bekanntlich kurzzeitig Reichsverweser und damit erstes gewähltes Oberhaupt eines neuen deutschen Staatsgebildes überhaupt.

B) »DEUTSCHE IDEE.«

Die Vorboten der Idee eines deutschen Nationalstaates gab es schon vor 1813.

»Diese Idee ist verbunden mit den drei Farben Schwarz-Rot-Gold. Sie traten erstmals während der Befreiungskriege 1813 bis 1815 gegen Napoleon in Erscheinung und entstammen den Farben der Uniformen des Lützowschen Freikorps, einer Freiwilligeneinheit des preußischen Heeres unter Führung von Ludwig Adolf Wilhelm von Lützow. Die Truppe trug schwarze Uniformen mit roten Vorstößen und goldfarbenen Messingknöpfen. Unter dem Freikorps waren viele Studenten und Akademiker.«

Die Idee des deutschen Nationalstaates setzte sich mit der Völkerschlacht bei Leipzig ein Denkmal. Deutschland hatte sich gegen Napoleon erhoben und unter großen Blutopfern gesiegt.

In den Jahren vorher hatte Napoleon den Reformdruck der deutschen Staaten erhöht. Die territorialen Umwälzungen brachten es mit sich. Die einen Staaten versuchten ihre radikalen aufklärerischen Gedanken im Rahmen ihres französischen Systems zu realisieren, – so z. B. Montgelas –, die anderen Staaten wandten sich von Napoleon ab und der entstehenden gesamtdeutschen Idee zu.

Die Jahre vor 1813 zeigten eine zunehmende Abkehr von Napoleon, wobei auffällt, dass das Wirtschaftsgefälle zwischen den von Frankreich abhängigen Staaten zum Rest Deutschlands ein wesentliches Moment darstellte. Es führte zur Ausweitung der deutschen Idee, vor allem im Bildungsbürgertum und beim gebildeten Adel. Auch das Beispiel des spanischen Guerilla-Volkskrieges ermutigte die deutschen Gegner Napoleons.

Der Krieg Österreichs 1809 fand Sympathie und große Bewunderung. Speziell der Aufstand der Tiroler und der Vorarlberger Bergbauern – in der Endphase losgelöst vom habsburgischen Wien – stieß auf ein deutschlandweites, zustimmendes Echo.

Preußen ging davon ab, sich Napoleon zu unterwerfen. Freiherr vom und zum Stein, der die preußische Reformpolitik zuerst alles andere als frankreichfeindlich angegangen war, schwenkte um. Von Stein, von Gneisenau und von Clausewitz waren bereit, die Dynastie und die staatliche Existenz Preußens für die Befreiung Deutschlands zu riskieren.

Aus der Literatur ist weiter zu entnehmen:

Das Jahr 1812 brachte den Höhepunkt der nationalen Unterdrückung Deutschlands; Preußen wurde durch den Bündnisvertrag vom 22.2.1812 zum Satelliten Napoleons. Freiherr von Stein und Ernst Moritz Arndt gingen nach Russland, wo ein »Komitee für deutsche Angelegenheiten« gegründet wurde. Sein verlängerter Arm, die »deutsche Legion« hoffte auf Widerstände in den deutschen Bündnisstaaten Napoleons. Man rief zum gesamtdeutschen Volksaufstand auf, allerdings ohne ihre deutschen Monarchen. Die Niederlage Napoleons und der Rückzug des Heeres aus Russland brachte den Umschwung. Ende 1812 demonstrierten wichtige Teile des Adels und des Bürgertums öffentlich ihre Abneigung gegenüber Napoleon. Am 30.12.1812 wechselte Preußen die Seite. Stein hatte daran maßgeblichen Anteil. Am 28.2.1813 wurde das preußisch-russische Bündnis geschlossen. Der beginnende Krieg hatte den Charakter einer Volkserhebung.

Die Bevölkerung identifizierte sich mit dem Krieg gegen Napoleon.

»Die Reaktion der Bevölkerung auf den Aufruf an die Jugend zur Bildung freiwilliger Jäger-Detachements, die Einführung der allgemeinen Wehrpflicht am 9.2., die Verordnungen über die Landwehr vom 17.3. und über den Landsturm vom 21.4. sowie die königlichen Aufrufe »An mein Volk« und »An mein Kriegsheer« vom 17.3. war insgesamt eindeutig.«

Der Befreiungskrieg weitete sich mit dem Eintritt Österreichs im August 1813 zum gesamtdeutschen Krieg aus; der Übertritt der Rheinbundstaaten, auch Bayern, erfolgte im November. Die süddeutsche Bevölkerung blieb allerdings eher passiv, auch wenn sie sich von Napoleon abgewandt hatte. Dies zeigte sich auch in Tirol und Vorarlberg, als von Roschmann mit geringen kaiserlichen Truppen nach Tirol kam. Das alpenländische Volk, deren Erhebung schon Jahre früher war, litt offensichtlich noch unter deren Blutopfer. Es mag auch geahnt haben, dass sich für sein Leben nicht so sehr viel ändern wird, ob es den Zentralismus Bayerns spüren musste oder nunmehr den Zentralismus des österreichischen Kaiserhofes.

Nicht uneingeschränkt gefolgt werden kann der in der Literatur teilweise geäußerten Ansicht, dass die große Bevölkerungsmasse, namentlich die Landbevölkerung von der Idee eines neuen deutschen Nationalstaates kaum berührt gewesen sein sollte. Jedenfalls in der Alpenbevölkerung blieb sie nicht unbemerkt. Man schwankte zwischen napoleonfeindlichen und deutschfreundlichen Parolen. Natürlich lag den Tirolern und Vorarlberger die Rückkehr in die altgewohnte Heimat Österreich primär am Herzen, aber gerade in der Bevölkerung des schwäbischen Bayerns diskutierte man die Vor- und Nachteile eines womöglich von Preußen und Österreich zu schaffenden Deutschlands. Schon entstand eine Polarisierung im antinapoleonischen Lager; die weitere Geschichte – sie ist nicht mehr direkt erklärungsrelevant für den Alpenbund – beweist dies.

Damit hatte der Alpenbund 1813 auch die große Bedeutung, die Befreiung der Alpenländer in eine Befreiung Gesamtdeutschlands gegen Napoleon einzubinden und ging damit zweifellos einen großen Schritt weiter als der Befreiungskampf Tirols und Vorarlbergs 1809. Die Idee des Alpenbundes lässt sich von der Idee von Steins nicht trennen, wenn auch der Alpenbund eine zusätzliche Nuance darin findet, dass der Aufstand schwerpunktmäßig erst mal die Alpenländer befreien sollte.

C) UMSETZBARKEIT DES ALPENBUNDES.

Die Bedeutung einer Verschwörung richtet sich auch danach, inwieweit Chancen gegeben sind, die Pläne in die Realität umzusetzen.

Wären die Bergvölker überhaupt zum Aufstand bereit gewesen? Wäre der Beginn des Aufstandes gesichert gewesen? Die Frage kann nur hypothetisch beantwortet werden. Sie wurde im Rahmen der Wertung von Erzherzog Johann schon kurz angesprochen.

Dass Tirol und Vorarlberg zum Aufstand grundsätzlich fähig waren, zeigen schon die Ereignisse der Befreiungskriege 1809. Es ist auch nicht zu verkennen, dass die Sehnsucht der Bevölkerung nach Freiheit weiterhin groß war. Tirol war ein Stammland Österreichs, auch die übrigen Landschaften fühlten sich Österreich zugehörig. Die illyrischen Provinzen umfassten Bevölkerungsteile, die das französische Regime als Fremdherrschaft empfanden. Vorarlberg war jahrhundertelang habsburgisch gewesen, auch der Bereich des Landgerichts Weiler bzw. das Westallgäu mit Hohenegg, Grünenbach, Simmerberg, Kleinweilerhofen, Altenburg und Teile von Hofrieden. Das Königseggsche Gebiet westlich der Iller um Immenstadt bis in den Süden in Höhe Oberstdorf war 1804/1805 österreichisch, vorher eine reichsunmittelbare Grafschaft gewesen. Auch der Illerkreis im übrigen hatte geschichtlich kaum etwas mit dem früheren Herzogtum Bayern zu tun. Seine Region war vor der Säkularisierung bzw. Mediatisierung bis 1805 durch reichsunmittelbare Staatsformen, wie z. B. das Hochstift Augsburg, die Fürstabtei Kempten oder freie Reichsstädte gekennzeichnet, die kulturell eher nach St. Gallen oder Brixen ausgerichtet waren als etwa nach München. Auch war das schwäbische Gebiet durchsetzt von österreichischen Gebieten wie z.B. Eisenberg/Hohenfreiberg, Wagegg, Landvogtei Oberschwaben bzw. das gesamte Vorderösterreich.

Aber der Aufstand von Teilen dieser Landschaft war 1809 niedergeschlagen worden, die Blutverluste waren hoch. Die Bevölkerung in Tirol war überwiegend hoffnungslos geworden und erschien wie gelähmt. Die Vorarlberger und Allgäuer erschienen kampfesfreudiger. Der Alpenbund hatte gerade dort begeisterte Anhänger gefunden. Kurz nach der Entlassung Graf von Reisach-Steinbergs bzw. der Niederschlagung des Alpenbundes ließ Montgelas über den neuen Generalkommissär von Stichaner zahlreiche Verhaftungen vornehmen. Zu den Verhafteten gehörten auch der ehemalige Major Rädler aus Weiler, der ehemalige Amtmann Sohler aus Schönau und der Krämer Hehle aus Weitnau. Ohne Verhör und Untersuchung wurden die Gefangenen zuerst in München, dann im Oberhaus in Passau und schließlich in der Festung von Ingolstadt eingesperrt. Einer der Gefangenen starb in der Haft. Es handelte sich um Josef Sigmund Nachbauer, den wohl fähigsten militärischen Führer der Vorarlberger Freiheitskämpfer des Jahres 1809.

Trotzdem lässt sich sehr anzweifeln, ob der Funke von den geistigen Urhebern des Alpenbundes noch einmal auf das Volk übergeschlagen wäre.

Dazu kam, dass Teile der Bevölkerung in diesen Landschaften inzwischen gewisse Sympathien zu den jeweiligen bayerischen Generalkommissären hegten, schon zu Zeiten Reisachs im Illerkreis, aber auch zu Kronprinz Ludwigs Zeiten im Inn- und Salzachkreis. Sie waren, im Gegensatz zur Zentralregierung in München, nach 1809 mit Verständnis auf diese zugegangen. Die Verdienste Reisachs in dieser Hinsicht wurden bereits angesprochen.

Aber auch Kronprinz Ludwig gewann an Zustimmung. Er bildete mit Wrede in Bayern eine starke Partei gegen Napoleon, und auch gegen Montgelas. Sie brachten zum Ausdruck, aus den Fehlern von 1809 gelernt zu haben und für den Ernstfall entschlossen zu sein, nicht noch einmal als Söldner Frankreichs gegen die Alpenregionen zu kämpfen. Für Kronprinz Ludwig, Sohn des amtierenden bayerischen Königs, waren Napoleons Aggressionen schon immer suspekt gewesen. Bereits 1803, 17-jährig, schrieb er nieder: *»Mein Plan geht dahin, unser Vaterland mit allen Kräften zu verteidigen? mein Votum wäre also fest und unabänderlich, dass wir einen Aufruf an das ganze Land ergehen lassen, worin wir ihm die Gefahr ans Herz legen? von einem der raubgierigsten unersättlichsten Völker unterjocht und ausgesogen zu werden? Wir wöllen damit größere Nationen? erwecken, sie gegen Frankreich, gegen Europens sein wollenden Alleinherrscher bewaffnen und machen, dass unser Vaterland, wie so viele andere Länder, von der Tyrannei, dieses Volk befreit werde.«* Über Montgelas sagte Ludwig: *»Das Ministerium des Freiherrn von Montgelas taugt nichts, die Finanzen befinden sich in sehr schlechtem Zustand, der Mann ist vom ganzen Lande gehaßt.«*

Der Alpenbund hätte das Bergvolk wohl auch nicht mit dem Hinweis auf mögliche Mitwirkung des österreichischen Kaiserhofs am Aufstand aufrütteln und begeistern können. Im Gegenteil – dieser Hinweis hätte sich womöglich eher lähmend als motivierend ausgewirkt.

Die Tiroler und Vorarlberger waren immer noch tief enttäuscht darüber, dass sie in ihren Freiheitskämpfen 1809 in der Endphase schmählichst von Wien im Stich gelassen worden waren. Man hatte von dort aus der Endphase des Aufstandes im wesentlichen nur aus der Ferne zugesehen und nichts dafür getan, diesen durch offizielle österreichische Truppen weiter zu unterstützen. Es mögen sich viele überlegt haben, ob man wieder für Österreich den Kopf hinhalten solle. Dies zeigten auch die Reaktionen der Tiroler nach dem Verrat am Alpenbund, als von Roschmann mit kaiserlichen Truppen nach Tirol kam, diese zwar mit Wohlwollen empfangen wurden, aber kaum jemand in der Bevölkerung Anstalten machte, sich kriegerisch gegen die Bayern zu erheben.

Dazu kommt, dass die Bevölkerung und die alten Freiheitshelden des Jahres 1809 bei einer Mitwirkung des österreichischen Kaiserhauses kaum davon hätten ausgehen können, etwa ihre alte alpenländische Verfassung und ihre alten Traditionen wieder einführen zu dürfen. Dafür war die Zeit schon zu weit fortgeschritten. Dies zeigte auch die spätere Entwicklung, als von Roschmann vorläufiger Statthalter von Tirol war und sich zwischen Zentralisten und Föderalisten ein Kampf entspann, den Freiherr von Hormayr, Erzherzog Johann und Dr. Schneider zum Vorteil der Föderalisten unterstützen wollten. Die übereinstimmende Meinung der Bevölkerung blieb, sie hatte genauso wenig Rechte wie unter der bayerischen Verfassung.

Der Charakter und der Wert der alten Verfassung, des Landlibells und der alten Traditionen wurden schon dargestellt. Ihre Sicherung bzw. Wiederherstellung gehörte zum Freiheitsverlangen.

Der Beginn des Aufstandes in Tirol und Vorarlberg wäre nur mit Erzherzog Johann gesichert gewesen, mit dem »anderen Habsburger« an der Spitze gegen die politischen Interessen des Kaiserhofs. Der Funke des Aufstandes hätte nur dann auf das Volk überspringen können, wenn der Alpenbund für einen solchen ohne Wien, aber mit Erzherzog Johann als Anführer plädiert hätte. Mit Johann an der Spitze, ihrem Idol und gleichzeitig Antipol zur Habsburger Politik hätte sich das Volk voraussichtlich nochmals aufgerafft. Der Alpenbund hätte das Volk auch davon überzeugen müssen, dass seine alte Verfassung wieder eingeführt wird.

Aber wäre die weitere Durchführung des Aufstandes gesichert gewesen?

Die Zweifel an einer nachhaltigen Führungsqualität von Erzherzog Johann wurden schon angesprochen.

Aber davon unabhängig – aller Wahrscheinlichkeit nach hätte der Plan des Alpenbundes ohne jegliche Mitwirkung Wiens zwar begonnen, aber nicht durchgeführt werden können.

Dies zeigt die Vorgeschichte.

Potentielle englische Geldgeber für einen Aufstand waren schon 1810 der Meinung, dass Metternich bzw. der Kaiserhof einen Aufstand nicht unterstützen würde und hielten Geldzuwendungen deshalb zurück. Auch in den Jahren darauf leistete England kaum finanzielle Unterstützung. England wollte eine Mitwirkung Wiens und damit eine starke Donaumonarchie im Interesse des europäischen Gleichgewichts, konnte diese aber letztlich nicht erwarten. Metternich war noch zu sehr mit Napoleon liiert. Der österreichische Kaiser gab auch seine Ablehnung klar zum Ausdruck, nachdem er erfahren hatte, dass Erzherzog Franz, der Bruder der Kaiserin seine eigenen Pläne hatte, nämlich über einen Aufstand König von Italien zu werden: »...*übrigens finde ich für notwendig Ihnen Meine Willensbildung dahin zu erklären, dass Ich entschlossen bin alle Revolutionierungen und Bearbeitungen anderer Länder und Unterthanen in Meinem Staate mit allem Ernste zu verhindern, und auch gegen Glieder Meines Hauses die sich hierzu mißbrauchen lassen sollten mit aller Strenge vorzugehen.*«

Die Mithilfe Englands, ob mit Geld oder mit Kriegsmaterial wäre nur gekommen, wenn der österreichische Kaiser dem Aufstand mindestens gewogen gewesen wäre. Ohne Akzeptanz des österreichischen Kaiserhauses keine Hilfe von England, ohne Hilfe von England keine Chancen, den Aufstand für sich zu entscheiden. Die Alpenvölker hätten aller Wahrscheinlichkeit nach wieder allein auf ihren Mut und auf ihre Sehnsucht nach Freiheit und Eigenständigkeit bauen müssen. Sie hätten wieder mit Stutzen und Mistgabeln gegen die französischen und bayerischen Heere ankämpfen müssen und sie wären aller Voraussicht nach wieder nach kurzer Zeit unter großen Blutopfer darniedergelegen.

Wie hätte es ohne Wien auch politisch funktionieren sollen? Der Alpenbund hätte sich tatsächlich einen staatlichen Zusammenschluss der Alpenländer konkret zum Ziel setzen müssen. Aber es gibt zu wenig Anhaltspunkte dafür, dass Erzherzog Johann wirklich *»König der Berge«* oder *»König von Rhätien«* werden wollte oder sollte. Die Meldungen Roschmanns an Metternich geben dafür zu wenig her. Erzherzog Johann hatte dem später immer wieder vehement widersprochen, auch glaubwürdig, weil es nicht zu seinem Charakter gepasst hätte, ein Staatsgebilde aus dem habsburgischen Österreich herauszulösen. Wenn die Alpenbündler wirklich mit einem solchen Gedanken gespielt hätten, müsste man diesen dem Bereich der Utopie zurechnen; ein faszinierender Gedanke, mehr ein Traum.

Ob sich im Gegensatz zu 1809 der Aufstand auf Norddeutschland ausgeweitet hätte, wäre in Anbetracht der vorauszusehenden Niederlage der Alpenvölker mehr als fraglich gewesen. Wohlbemerkt gilt diese Situationsbeschreibung für den geplanten Beginn des Aufstandes am 19.4.1813; die Völkerschlacht bei Leipzig mit der Niederlage Napoleons war erst am 19.10.1813.

D) ES WAR DIE FALSCHE ZEIT.

Man muss für die alpenländische Bevölkerung froh sein, dass die Verschwörung Alpenbund nicht am 19.4. zur Umsetzung kam. Die Idee des Alpenbundes mag mitreißend sein, ihre Umsetzung wäre voraussichtlich ein blutiges und letztlich sinnloses Drama geworden. Die Zeit dafür war die falsche. Es ist die Ironie des Schicksals, dass der geplante Alpenbundaufstand für den 19.4., also genau 6 Monate zu früh angesetzt war. Man konnte nicht wissen, dass Napoleons Niederlage in der Völkerschlacht von Leipzig am 16. bis 19.10.1813 das richtige Signal gewesen wäre, das Signal für den Aufstand im gesamten Deutschland oder zumindest in den Alpenländern zusammen mit dem österreichischen Kaiser, was sich zu diesem Zeitpunkt angeboten hätte. Diese dann mögliche Kooperation hätte allerdings den Geschichtsverlauf nicht wesentlich verändert, allenfalls um einige Monate beschleunigt.

Der Beginn des Aufstandes der Alpenvölker war für den 19.4.1813 geplant. Insoweit war der Zeitpunkt mit der vorangegangenen Niederlage Napoleons in Russland Ende 1812 stimmig. Es schien das deutsche Volk im Gesamten zum Aufstand bereit. Aber die Heere Napoleons formierten sich wieder. Noch Mitte 1813 zwang er Preußen und Russland zu einem Waffenstillstand. Fakt ist, dass ihn die Revolutionsnester im Norden Deutschlands nicht daran haben hindern können. Auch ein gleichzeitig im Süden stattfindender – wegen der dort stationierten bayerischen und französischen Truppen – blutiger Aufstand hätte nichts daran geändert. Metternich hielt immer noch seine Truppen zurück, und hätte sie auch bei einem Aufstand der Alpenländern zurückgehalten. Die Bergvölker wären wieder zum Opfer wie 1809 geworden. Erst am 12.8. begann der Kampf Österreichs auf der Seite Preußens und Russlands. Die Alpenländer wären damit aller Voraussicht nach vom 19.4. bis 12.8. wieder alleine gegen die Bayern – sie schlossen mit Österreich erst am 8.10. einen Vertrag – und Franzosen dagestanden. Und diese 4 Monate hätten gereicht, um sie abermals blutig zurückzuschlagen. Napoleon war zwar nach der Völkerschlacht von Leipzig vom 16. bis 18.10.1813 stark gezeichnet, aber erst 1814 brach seine Macht endgültig zusammen; dies indiziert das französische Militärpotential zwischen dem 19.4. und dem 12.8.

Realistischerweise ist davon auszugehen, dass der Aufstandsbeginn des Alpenbundes allenfalls mit der Niederlage Napoleons in der Leipziger Völkerschlacht, also 6 Monate nach dem 19.4. Erfolge hätte zeitigen können. Dann hätte auch das offizielle Österreich den Mut zur echten Mithilfe gehabt, der ihm am 15.9. in Verbindung mit der halbherzigen Aktion mit von Roschmann schmählich im Stiche gelassen hatte. Man erinnere sich, am 10.12. 1813 wurde von Roschmann schließlich zum »*provisorischen Landeschef des italienisch-illyrischen Antheils von Tirol*« ernannt, im Mai

1814 kam das von Bayern besetzt gehaltene Tirol und Vorarlberg (ohne die einstmals österreichischen Teile des West- und Oberallgäus) an Österreich zurück. Und Wien behielt die bayerischen Reformen bei. Der Vorteil war Modernisierung, der Nachteil der bleibende Verlust der alten Verfassung und der Wiener Zentralismus wie zu Zeiten Bayerns. Die »freie Gemeinde« kam erst wieder 1864.

Damit ist festzuhalten, dass ein Aufstand am 19.4. aller Wahrscheinlichkeit nach für die Alpenländer ein Unglück gewesen wäre, ein womöglich erfolgreicher Aufstand 6 Monate später allenfalls den Zeitablauf der Rückkehr der besetzten österreichischen Gebiete hätte beschleunigen können. So oder so blieben den Alpenvölkern Blutopfer erspart. Dafür war eine gewisse Zeitverzögerung hinsichtlich des gewünschten Ergebnisses in Kauf zu nehme

Die Annahme, dass bei einem – wann auch immer – gewonnenen Aufstand der Alpenvölker die eigene politische Ausgangsposition, z.B. hinsichtlich einer Eigenständigkeit oder gar Demokratisierung günstiger gewesen wäre, erscheint in Anbetracht des herrschenden Zentralismus in Wien unwahrscheinlich.

E) WAREN DIE ALPENBÜNDLER TERRORISTEN?

Zur Auflockerung soll diese Frage völlig unwissenschaftlich beantwortet werden.

Richter Y. greift nochmals nach dem Büchlein »Der Alpenrebell« von Hansjörg Straßer, 1987. Mit Erlaubnis des Herrn Karl Stiefenhofer, 1. Vorsitzender Heimatbund e.V. aus dem Jahre 2011 macht er sich dazu nachfolgende Ausschnitte zu eigen.

Es handelt sich um das fiktive Interview eines Gerichtsreporters vom 30.1.1810 in Bregenz. Vor ihm sitzt Dr. Anton Schneider. Wir kennen ihn als Alpenbundmitglied. Es wurden bewusst die Sprache und die Formulierungen der Soziologie des Terrorismus in der Literatur verwendet. Schneider spricht über seinen Aufstand 1809 gegen Bayern und Franzosen. Der Alpenbund sah sich als Erbe und wollte einen Freiheitskampf dieser Art aufs Neue beleben.

Reporter: »*Herr Dr. Schneider. Sind Sie durch diese Aktionen zum Terroristen geworden?*«

Schneider: »*In der heutigen Zeit kann ich mit diesem Wort »Terrorist« nichts anfangen. Ich weiß aber, dass in den siebziger und achtziger Jahren des 20. Jahrhunderts mit diesem Begriff gearbeitet und behauptet werden wird, er sei im wesentlichen in der Mitte des 18. Jahrhunderts entstanden, seitdem nämlich gesagt wird, dass politische Militärgewalt nicht mehr der Befriedigung individueller Machtgier diene, sondern sich im Terroreinsatz nach revolutionärem Verständnis der Wille des Volkes vollstrecke.*«

Reporter: »*Herr Dr. Schneider. Es ist richtig, vom Begriff des Terrorismus dieser zukünftigen Zeit möchte ich ausgehen. Danach sei der politische Terrorismus allgemein bestimmbar als systematische, planmäßige Androhung oder Anwendung von als Überraschungscoups organisierter Gewalt.*«

Schneider: »*Ich möchte meine Zweifel anmelden. Richtig ist zwar, dass wir unsere militärischen Mittel zum systematischen Gebrauch einsetzten, also mit einem strategischen Ziel, mit einem Langzeitprogramm im Gegensatz zum bloßen Putsch oder Staatsstreich. Allerdings glaube ich nicht, dass wir unsere Gewaltmittel, Rekrutierung unseres Militärs und Angriffe in Heeresordnung als terroristisches Instrument betrachten können, bei dem es doch mehr um ein unberechenbares Zuschlagen und Untertauchen geht.*«

Reporter: »*Herr Dr. Schneider. Im Gegensatz dazu möchte ich Ihnen allerdings vorhalten, dass doch einige Erscheinungsformen Ihres Krieges gegen Bayern der Terrortaktik ähneln. Ich möchte etwa daran erinnern, dass der Bergkrieg Ihres*

Volkes doch sehr der Guerilla- und Partisanentaktik entspricht. Ihre spektakulären Erfolge gegen französische und bayerische Heere läßt an den Satz Maos denken »rückt der Feind vor, ziehen wir uns zurück; macht er halt, umschwärmen wir ihn; ist er ermattet, schlagen wir zu; weicht er, verfolgen wir ihn.« Gerade diese Taktik im Gebirge hat sie stark gemacht, im Voralpenland fehlten Ihnen offensichtlich diese Gegebenheiten.«

Schneider: *»Das ist richtig. Aber ich möchte Abstriche machen. Charakteristisch für den Terrorismus ist der sogenannte Terrorexport, d.h. die beliebig weite Verlegung der Schauplätze vom terroristischen Steuerungszentrum. Das Beispiel Ludwigshafen – dort gab es den Aufstand unter Baron Hornstein – zeigt, dass jedenfalls ich persönlich nicht daran interessiert war. Weiter möchte ich darauf hinweisen, dass es zum Erscheinungsbild des Terrorismus gehört, Attentate gegen prominente System-Repräsentanten zu initiieren. Ich war dagegen und brauche dazu nur darauf zu verweisen, dass ich z.B. den bayerischen Landrichter Beer aus Weiler persönlich zur Flucht vor den Hitzköpfen in unseren Reihen gerettet habe.«*

Reporter: *»Herr Dr. Schneider. Sie wehren sich dagegen, dass ihre militärischen Aktivitäten vom Erscheinungsbild des Terrorismus geprägt seien. Müssen Sie jedoch nicht einräumen, daß das Wesentliche Ihres Tuns die Abschaffung bestehender Herrschaftsverhältnisse, die Etablierung radikaler Alternativen nicht in evolutionärer, sondern revolutionärer Manier war ?«*

Schneider: *»Sie haben natürlich recht, wenn Sie damit das Bild der Repräsentanten der Herrschaftselite, die »top dogs« im Gegensatz zu den Unterdrückten, den »under dogs« und der Beseitigung dieser Herrschaftselite zeichnen. Tatsächlich fühlten wir uns zum Aufstand legitimiert und wollten auf die Schwachstellen im bayerischen Regierungssystem hinweisen, gleichzeitig das Problembewußtsein unseres unterdrückten Volkes schärfen und unser Volk zum Aufstand ermutigen. Aber es ist wieder – so meine ich – ein Unterschied zu den Mitteln des Terrorismus zu sehen.Diese dienen dazu, auf einen Propagandazweck und -effekt abzuzielen und die Reaktion der Öffentlichkeit zu* *gewinnen. Wir brauchten dies nicht, unser Volk war ohnehin bereit, sich befreien zu wollen.«*

Reporter: *»Dr. Schneider. Sie erlauben mir, dass ich anderer Meinung bin. Ich sehe im Vorarlberger und Allgäuer Aufstand schon vom bloßen Erscheinungsbild her die Ähnlichkeit zum Terrorismus. Einerseits sehe ich nicht nur den typischen Bergkrieg mit Guerilla-Taktik, sondern andererseits sehe ich auch den sogenannten Terror von oben als Reaktion darauf. Bayern griff zum – wenn ich so sagen darf – »Rübe runter«-Rezept. Mehr Militär, mehr Verbündete wurden eingeschaltet; es entstand der Repressionsterror oder Staatsterror als Ordnungsfaktor, als Hüter nationaler, sprich bayerischer Interessen. Kriegsterror diente der Feindvernichtung ...«*

Schneider: *»Nein, auch insoweit wehre ich mich gegen Verquickungen der Auseinandersetzung unserer Landschaft gegen Bayern mit Bildern scheußlichster Art. Ich habe unseren militärischen Aufstand gegen Bayern als relativ saubere kriegerische Auseinandersetzung beider Lager angesehen, wenn es mir auch weh tat, als vor Kempten Allgäuer gegen Allgäuer kämpften.«*

Reporter: *»Herr Dr. Schneider. Sie wollen offensichtlich alles versuchen, und wenn Sie dabei sogar Ihre bayerischen Kontrahenten in Schutz nehmen müssen, um zu verhindern, dass dieser Aufstand unter den Begriff des Terrorismus subsumiert wird. Aber Sie werden doch schließlich zugeben müssen, dass auch das bayerische Verhalten nach Niederschlagung des Aufstandes terroristische Züge in sich trägt. Gerade Schauprozesse gehören dazu.«*

Schneider: *»Das Lindauer Spezialgericht war zwar als Schauprozeß initiiert, aber Sie werden als Prozeßbeobachter selbst zugeben müssen, dass der weitere Prozeßverlauf wesentliche Züge eines solchen verloren hat – und dies nicht nur wegen meiner Verteidigungstaktik, sondern auch, weil dieses Gericht mir Gelegenheit gegeben hat, mich und unser Land verteidigen zu können.«*

Reporter: ...

Schneider: *»Dazu möchte ich klar sagen, und mich damit gleichzeitig endgültig aus diesen Einordnungsversuchen zum Terroristen lösen:*
Es gibt bei mir keine personelle Determination oder Ich-Dominanz. Weder habe ich nach dieser in der Soziologie bekannten Auflistung die Fähigkeit zum Terror aus Verrücktsein, aus Triebtätereigenschaft noch bin ich aus verletzter intellektueller Eitelkeit rachsüchtig, handle aus Anerkennungserzwingung, stehe oder stand unter Behauptungsdruck durch verinnerlichte Geheimbündelei, unterliege einem Märtyerethos, leide unter Frustrationen, bin Plünderterrorist, vertrete Inquisition, leide unter geheimbündischem Gerechtigkeitsfanatismus oder handle in Bluträuschen aus Haß. Ich möchte eines klar betonen: Mir fehlt der für einen Terroristen zwingend notwendige Fanatismus, egal auf was sich dieser auch beziehen mag. Ich bin kein Psychopath und kein Mensch, der sich über alle Schranken von Wenn und Aber hinwegsetzt. Ich habe nicht die Anlage, mich durch die Absolutheit meiner Wertvorstellungen in ein höheres Recht zu setzen. Wissen Sie, ein Terrorist ist eher ein Jünger, ein Apostel der Tat, ist kein intellektueller Stratege, bestenfalls hochqualifizierter Stoßtruppenführer. Der Terrorist bestimmt nicht die Dialog-Regie mit dem Feind. Der Terrorist erkennt sich gegenüber den bestehenden Gesetzen als unjustiziabel. Ich habe vor Gericht niemals gesagt » nicht die Revolution, sondern nur ihr Scheitern kann vor Gericht stehen«, ich habe lediglich erwähnt, »dass nicht unser Aufstand anzuklagen ist, allenfalls deren Ursachen.«... Ich wehre mich vor allem deshalb mit Vehemenz gegen diese Einordnung, da sie – wie gesagt – von den Definitionen der achziger Jahre des 20. Jahrhunderts ausgeht, zu einer Zeit geprägt, in der z.B. der deutsche, aber weitgehend auch der ausländische Terrorist sich als leere Hülle ohne konkretisierbare revolutionäre Ziele präsentiert, als Typ, der Terrorakte als Ersatz-Revolution braucht, einfach, um sich durch terroristische Akte der existentiellen Spannung von Stärke, Recht, Moral zu entziehen und um diesen Grundkonflikt von Herrschaft und Widerstand einfach mit Argumenten nicht mehr austragen zu müssen....«

F) DIE REAKTION DER STAATSGEWALT.

Ein weiterer Bemessungsfaktor für die Bedeutung des Alpenbundes ist die

Reaktion der Staatsgewalt darauf; deshalb sind dazu Ausführungen gefordert. Eine strafrechtliche Bewertung im Nachhinein wird nicht vorgenommen. Die Ausführungen beschränken sich auf etwaige politische Erwägungen der Machthaber.

Zusammengefasst ist nochmals festzustellen:

Freiherr von Hormayr und Dr. Schneider saßen 13 Monate in Haft. Die Haftbedingungen waren hart. Beide forderten eine gerichtliche Untersuchung, die ihnen verweigert wurde. Nach der Entlassung hatten beide Aufenthaltsbeschränkungen hinzunehmen. Die Zeit der Haftdauer wurde auf die »*entsprechende Polizeistrafe*« angerechnet.

Erzherzog Johann wurde vom österreichischen Kaiser brüderlich streng ermahnt und Metternich nahm ihm sozusagen die Generalbeichte ab. Ihm wurde eine Art Hausarrest auferlegt, ohne diesen gegenüber Johann direkt auszusprechen. Wenig später war er schon wieder beauftragt, an der Seite Roschmanns in Tirol einzumarschieren.

Freiherr von Gagern wurde ausgewiesen.

Gegenüber Graf von Reisach-Steinberg wurde von der Seite des bayerischen Königstums seine konspirative Tätigkeit nie angesprochen. Seine Entlassung enthielt den vieldeutigen Passus »*aus administrativen Erwägungen*«. Dass der eigentliche Grund seiner damaligen Entlassung aber seine zumindest für München undurchschaubaren Verbindungen zu den alpenländischen Freiheitskämpfern waren, wurde schon zu begründen versucht. Soweit in Steckbriefen und im Urteil des Appelationsgerichts Neuburg das Verbrechen des Hochverrats angesprochen wurde – er wurde insoweit freigesprochen –, so bezog sich dieser Vorwurf nur auf seine bayernfeindlichen Aktionen – seine öffentlichen und literarischen Schimpftiraden gegen Montgelas – während seines Aufenthalts in Preußen und auf »*Dienste gegen Bayern*«, ohne vorher entlassen worden zu sein.

Bei dieser Zusammenfassung fällt auf, dass ein öffentlicher Prozess gegen die genannten Personen in Verbindung mit dem Alpenbund nicht stattgefunden hatte.

Dies mag zum einen rechtliche Gründe haben, ohne diese groß vertiefen zu wollen. Mehr kann in dem schon genannten Büchlein »Der Alpenrebell« nachgelesen werden.

Immerhin sahen die Alpenbündler ihren Freiheitskampf als legitim an. Genauso wie 1809 beriefen sie sich darauf, dass Bayern nicht den Preßburger Frieden eingehalten habe. Österreich hätte Tirol und Vorarlberg nur unter der Voraussetzung an Bayern abgegeben, dass diese Landstriche ihre alten Rechte und Freiheiten behalten können. Das Landlibell wurde schon angesprochen.

Tatsächlich war der Wortlaut des Bayerisch-Königlichen Besitzergreifungspatents vom 30.1.1806 entsprechend den Vereinbarungen im Preßburger Frieden wie folgt: »*Was den Umfang und die Gränzen der sieben vorarlberger Herrschaften mit den darin inklavirten Gebieten und der Graffschaft Hohen-Embs betrift, so sollen sie die nämlichen seyn und verbleiben, wie bey Entstehung des gegenwärtigen Krieges waren; seine Majestät der König von Baiern soll diese Herrschaften, welche ihm hiemit überlassen werden, in dem Maaße mit der Souverainität, und allen davon abhangenden Rechten, Titeln und Vorrechten besitzen, wie seine Majestät der Kaiser von Deutschland und Österreich selbe besessen hatten*«.

Die rigorosen Einschränkungen dieser alten Rechte durch Bayern wurden schon beschrieben.

Dieser Vertragsbruch rechtfertige den Aufstand.

Demgegenüber war der österreichische Kaiserhof folgender Ansicht: »*Mit welchem Recht können wir die Tiroler aufmuntern zur Untreue gegen ihren rechtmäßigen Gebieter.«*

Erzherzog Johann stellte diesem Prinzip des Legitimismus das Rousseausche Prinzip des »*Gesellschaftsvertrages*« entgegen, nämlich, »*dass jeder Staat, jede Besitzung durch Verträge zwischen Regierten und Regenten entstanden, folglich nur durch den freien Willen wieder aufgehoben werden kann.*«

Zum anderen dürften aber sicherlich politisch-taktische Gründe im Vordergrund gestanden haben.

Man erinnere sich an die Auflösung des Lindauer Spezialgerichts im Jahre 1809. Dr. Schneider drohte, den Gerichtssaal zur Bühne für die Verteidigung des Alpenlandes gegen Bayern umzufunktionieren. Der Königshof in München scheute dieses Risiko und ließ den Prozess im Sande verlaufen. Dies immerhin in Anbetracht eines Angeklagten Dr. Schneider, dem vor einem französischen Gericht die Todesstrafe gedroht hätte und der vor ein bayerisches Spezialgericht gebracht wurde, das durch königliche Verordnung vom 27.7.1809 für »*Aufruhrfälle*« eigens eingerichtet worden war.

Auch der österreichische Kaiserhof scheute offensichtlich die Öffentlichkeit im In- und Ausland. Man spürte zu deutlich, dass die politische Großwetterlage im Umbruch begriffen war. Man wollte die eigene Bevölkerung nicht in Unruhe versetzen, auch nicht verpflichtet sein, etwa öffentlich erklären zu müssen, warum sich der Kaiserhof augenscheinlich nicht um die von Bayern und Franzosen besetzten ehemals österreichischen Landstriche kümmert. Man wollte auch Napoleon nicht verprellen. Metternich blieb nichts anderes übrig, als seiner hinhaltenden Politik treu zu bleiben. Nicht provozieren wollte oder konnte man, »aussitzen« war das oberste Gebot. Metternich wollte passiv bleiben, dabei hätte ein öffentliches Gerichtsverfahren mit dieser Prominenz nur gestört. Es schien taktisch klüger, die wichtigsten Alpenbündler einfach wegzusperren. Einem zentralistisch-absolutistischen Machtapparat war dies möglich.

Und vor allem hatte man unter den Rebellen nicht nur die beiden Staatsbeamten bzw. Richter Freiherr von Hormayr und Dr. Schneider, sondern auch einen honorigen Gast namens Freiherr von Gagern – Metternich soll mit ihm befreundet gewesen sein – und natürlich den Spross aus eigener Kaiserfamilie, Erzherzog Johann. Diese Leute konnte man nicht einem öffentlichen Gerichtsverfahren übergeben. Das österreichische Kaiserhaus hätte sich damit selbst bloß gestellt. Auch hatte man die öffentliche Meinung der Tiroler und Vorarlberger bzw. aller Alpenländer zu fürchten, aufgrund der deutschen Idee gar die des gesamten Deutschlands. Nicht vorstellbar, etwa das Idol Johann verurteilen zu müssen. Somit blieb nichts anderes als Ausweisung, leichter Hausarrest oder eine dubiose Polizeistrafe übrig.

Was Graf von Reisach-Steinberg anlangt, so war bei ihm als hoher bayerischer Staatsbeamter der Königshof in München gefragt.

Es wurde im Wesentlichen schon ausgeführt:

Was lag näher, als die womöglich gegebenen Schwächen Reisachs hinsichtlich Finanzgeschäften oder teurer Selbstdarstellung auszunützen und ihn wegen der möglichen Veruntreuung von Staatsgeldern zu verfolgen. Die auffallende Intensität dieser Verfolgung wurde schon angesprochen. Wurde schon hinsichtlich Dr. Schneider das fehlende Interesse des Königshofs an öffentlichen Diskussionen über nachweisbare politische Fehler im Umgang mit den neuen alpenländischen Völkern betont, so war es hinsichtlich Graf von Reisach-Steinberg um so verständlicher. Mit ihm hatte man es noch dazu mit einem gut informierten Mann aus eigenen Reihen zu tun, der absolut fähig gewesen wäre, der Öffentlichkeit im eigenen Interesse knallhart die Wahrheit zu sagen. Dass dies insbesondere nicht im Interesse des Minister Montgelas sein konnte, ist nur nachvollziehbar. Er wäre der Kritik an seinen politischen Fehlern in vollem Umfange ausgesetzt gewesen. Dies konnte er sich nicht leisten; schon im eigenen Hause hatte er mit Kronprinz Ludwig und dessen Anhänger genügend Ärger. Es ist zu vermuten, dass sich der Kronprinz in Sachen Alpenländer auf die Seite Graf von Reisach-Steinbergs gestellt hätte. Immerhin war auch Kronprinz Ludwig in seinem Inn- und Salzachkreis für seine verständnisvolle Haltung gegenüber den Alpenvölkern bekannt. Montgelas nutzte seine einzige Chance, nämlich durch das Hochstilisieren angeblicher oder wahrhaftiger Veruntreuungen durch Graf von Reisach-Steinberg einen Keil zwischen diesem und dem Königshaus zu treiben.

G) FOLGEWIRKUNGEN DES ALPENBUNDES.

Die Bedeutung einer Verschwörung bemisst sich auch an den späteren Folgewirkungen.

Wenn in Wikipedia, die freie Enzyklopädie, steht: »*Der Alpenbund hatte keine praktische Auswirkung*«, so erscheint dieser Gesichtspunkt – jedenfalls auf den ersten Blick – schnell erledigt. Diesem – schon einmal zitierten – Satz kann aber so nicht gefolgt werden, wenn auch dieser Aspekt hier nicht detailliert erörtert werden soll. Das Thema könnte Gegenstand einer eigenen Abhandlung werden.

- Denn es fällt auf, dass kurz nach der Niederschlagung des Alpenbundes dessen Ideen plötzlich auf Anordnung des österreichischen Kaiserhauses hochoffiziell umgesetzt werden sollten. Bekanntlich wurde von Roschmann vom Kaiserhaus mit der Organisation eines Aufstandes in Tirol nach dem Muster des Alpenbundes beauftragt. Am 3.7.1813 legte er den überarbeiteten Alpenbundplan vor. Erzherzog Johann wirkte mit. Die illyrischen Provinzen und Südtirol wurden besetzt, Deutsch-Tirol kam 1814 wieder zu Österreich.

- Die Besetzung des Alpenbundes mit fünf Akademikern erinnert auch an etwas anderes.
  Schon Andreas Hofer hatte einen guten Kontakt zu den Akademikern in Innsbruck. Als er am 8.4.1809 seine Kriegsaufrufe erließ, appellierte

er auch an die Kriegsbegeisterung der Akademiker in Innsbruck. Es bildete sich damals eine akademische Studentenkompanie, die den Professor Andreas von Mersi zum Hauptmann wählte. Es waren Freiherr von Hormayr und von Roschmann, die initiierten, dass Professoren, die Studenten abrieten, in den Kampf zu ziehen, Innsbruck auf höheren Befehl verlassen mussten. Waren nicht die tragenden Mitglieder des Alpenbundes von diesem Geist der akademischen Studentenkompanien durchdrungen, gaben sie ihn nicht weiter an die späteren deutschen Burschenschaften, die die Revolution schürten und an die Innsbrucker Studentenkompanien der Jahre 1848 oder 1866?

- Gerade die Verquickung der alpenländischen Freiheitsidee mit der Idee eines neuen Deutschlands machte den Alpenbund zu einer Verschwörung neuer Qualität. Auch nach der Niederschlagung des Alpenbundes behielten die Ideen ihre Strahlkraft. Preußen sah nicht nur im spanischen Aufstand gegen Napoleon einen Impuls für den eigenen Widerstand, sondern auch im Tiroler Aufstand 1809 und auch in den bekanntgewordenen Ideen des Alpenbundes. Das Ende des Alpenbundes weckte europaweit größtes Aufsehen, war Impetus für eigenes Tätigwerden gegen Napoleon und für ein neues Deutschland.
Freiherr von Hormayr und Dr. Schneider schmachteten in der Feste Spielberg in Brünn nicht sinnlos. Ihre Gedanken wurden weitergetragen und fanden fruchtbaren Boden in Deutschland. Freiherr von Gagern und Graf von Reisach-Steinberg trugen ihren Teil dazu bei.
Selbst als Erzherzog Johann 1815 nach England kam, traf er auf einen Minister Castlreagh, der voller Bewunderung vom Alpenbund sprach.

- Diskussionswürdig ist die Frage, ob der Alpenbund nicht auch Vorreiter im Hinblick auf die sogenannte *»Großdeutsche Lösung«* war; sie war Thema in der Frankfurter Nationalversammlung von 1848. Immerhin war Erzherzog Johann dort ein exponierter Repräsentant. Die *»Großdeutsche Lösung«* beschreibt das Modell eines deutschen Nationalstaates unter Einschluss und Führung des Kaisertums Österreich. Diese Idee war anlässlich der Märzrevolution 1848 vor allem in Baden, Württemberg, Bayern und Österreich verbreitet. Ihre Anhänger kamen aus dem national-liberalen politischen Lager.

Hervorzuheben ist, dass die »Großdeutschen« nichts mit den »Altdeutschen« zu tun haben, die extrem nationalistisch und antisemitisch waren. Genauso absurd erscheint es, wenn sich Adolf Hitler nach dem im März 1938 erfolgten Anschuss Österreichs an Deutschland als »Verwirklicher der Großdeutschen Lösung« feiern ließ. Dies steht im krassen Widerspruch zu dem einst freiheitlich verstandenen Begriff »Großdeutsch«.

- Die Idee des Alpenbundes, die womöglich noch das liberale und national-liberale Lager um 1848 beeinflusst haben mag, hat aus hiesiger Sicht des Jahres 2040 nichts mit den modernen Freiheitsbewegungen in Südtirol zu tun. Insoweit ging es alleine um den gewünschten Anschuss an Österreich, wenn gar nur um einen eigenen autonomen Staat. Der nebulöse Gedanke weniger, dass mit dem Anschuss Südtirols an Österreich in der Folge der Anschuss Österreichs an Deutschland erreicht werden könnte, erscheint im Jahre 2040 – die Wertung durch Richter Y. findet in der fiktiven Zukunft statt – für die Vergangenheit irrational. Es erscheint eher abwegig, etwa Gedanken des verstorbenen österreichischen Politikers Jörg Haider oder des italienischen Politikers Umberto Bossi oder eine Verbindung der beiden im Sinne eines Alpenbundes *»vom Po bis zur Isar, vom östlichen Mittelmeer bis zur bayerischen Donau«* mit der Idee des Alpenbundes der Jahre 1811/1812/1813 in Verbindung bringen zu wollen. Allerdings könnten die unsicheren politischen Verhältnisse des fiktiven Jahres 2040 tatsächlich Nährboden für solche Gedanken sein.

Vor allem war der Alpenbund eine Freiheitsbewegung gegen die zentrale Gewalt und von liberalen Kräften getragen. Damit konnten und können sich rechtsextremistische oder neonazistische Bewegungen nicht auf diese Ideen berufen bzw. umgekehrt, dem Alpenbund kann insoweit keine Strahlkraft auf diese Gruppierungen beigemessen werden.

- Demgegenüber kann man im Zweifel sein bei Gruppierungen von ideologischen Nachfolgern der Deutschliberalen und Deutschnationalen, die in Österreich weiterhin im klassischen Sinne des beginnenden 19. Jahrhunderts großdeutsch orientiert waren oder 2040 noch sind – wo Jörg Haider genau einzuordnen war, lässt sich schwer sagen –, auch bei freiheitlich-demokratisch gesinnten Monarchisten in Deutschland. Hier könnten die Ideen des Alpenbundes Eingang gefunden haben.

Diese nur angerissenen Aspekte zeigen, dass dem Alpenbund eine Folgewirkung – ja bis 2040 – und damit eine praktische Wirkung nicht abzusprechen ist.

H) »WESENTLICHES ERGEBNIS DER ERMITTLUNGEN«: DAS DEMOKRATIEVERSTÄNDNIS DER ALPENVÖLKER.

Richter Y. ist sich dessen bewusst, dass er Geschichte nur gelesen, aber nicht geschrieben hat. Man möge auch verzeihen, dass er als gebürtiger Allgäuer teilweise besonders der Allgäuer Geschichte verhaftet blieb.

Aber diese Geschichte war wesentlich für seine Überzeugungsbildung. Sie wird in seiner Urteilsbegründung kaum artikulierten Eingang finden, aber er weiß nun, welches Ergebnis er juristisch zu begründen haben wird. Und diese juristische Begründung wird getragen sein, von dem was er erfahren hat. Ein überzeugendes Urteil kann nur von dem gesprochen werden, der weiß, was er sagt. Dabei muss man nicht immer alles sagen, was man weiß. Aber die Überzeugung wird trotz vordergründigen juristischen Handwerks zu spüren sein.

Richter Y. hat die Darstellungen von Historikern und Geschichtsautoren aufgesogen. Er hat die Geschichte um 1811/1812/1813 in Details erfahren, die ihm so bislang unbekannt waren. Man hat ihm zu erkennen gegeben, dass sich die Verschwörung Alpenbund mit Ideen trug, die weit über jene der Befreiungskriege bzw. des »Heldenjahres 1809« hinausgingen. War 1809 geprägt von dem Befreiungskampf der Tiroler und Vorarlberger gegen Bayern und Franzosen, so hatte der Alpenbund eine neue Qualität. Nicht nur der erneute Befreiungskampf der Tiroler und Vorarlberger gegen Bayern und Franzosen war geplant, sondern eine territoriale Ausweitung auf Illyrien, Oberitalien und der Schweiz. Man rechnete weiter mit einer Ausdehnung des Aufstandes nach Norddeutschland, um sich gemeinsam gegen Napoleon zu wehren. Die deutsche Idee wurde ein zusätzliches Motiv und vor allem – der Aufstand sollte notfalls gegen den Willen des habsburgischen Kaiserhauses erfolgen.

Eines vermisst Richter Y. in den geschichtlichen Darstellungen: Die dezitierte Herausarbeitung eines zusätzlichen Phänomens. Diese ist nicht Aufgabe eines Juristen im Rahmen seiner Vorbereitung der Urteilsberatung und Urteilsverkündung. Richter Y. möchte insoweit nur eine Anregung an die Historiker geben.

Angedeutet wird es ja da und dort: Die politische Originalität der Alpenvölker Tirol, Vorarlberg mit dem Allgäu und der Schweiz. Ihnen war geschichtlich ein Wesentliches gemeinsam: Ein demokratisches Grundverständnis. Die Geschichte und die landschaftliche Abgeschiedenheit hatten es gefördert. Diese Landstriche genossen über Jahrhunderte die Ferne eines Zentralismus, »Wien war weit«. So konnten sich demokratische Strukturen entwickeln, vor allem ein ausgeprägtes politisches Mitspracherecht der Bevölkerung. Begriffe wie Landlibell, Freibauern, Mitspracherecht im militärischen Bereich und in Gemeinden beschreiben diese. Die sogenannte »Bauern- und Bürgerdemokratie« hatte alle Möglichkeiten der Fortentwicklung. Deshalb auch der Aufschrei des Volkes gegen den Zentralismus aus München, letztlich auch gegen den Zentralismus aus Wien.

Diese politische und gesellschaftliche Eigenständigkeit deutete sich in ihrer Auswirkung schon beim Freiheitskampf 1809 an. Nach der Niederlage der offiziellen Truppen bei Wagram am 5./6.Juli und dem Ausbleiben der weiteren Unterstützung aus Wien bäumte sich das Volk Ende Juli, August 1809 nochmals auf. Erzherzog Johann, ein »anderer« aus dem Hause Habsburg hatte es ermutigt und war damit zu seiner Symbolfigur geworden. Es kämpfte alleine – wenn auch enttäuscht über die fehlende Hilfe des Kaiserhauses. Es hatten eigene Werte, eben diese aufkeimende Demokratie, zu verteidigen.

Die Verschwörung Alpenbund machte diese Erscheinung aus dem Jahre 1809 zum eigenen Programm. Man wollte den Aufstand, man wollte die Wiedererlangung dieser Werte, auch gegen den Willen des Kaisers und Metternichs.

Die Zerschlagung der Verschwörung änderte nichts daran, dass die Tiroler und Vorarlberger weiter um ihre »Demokratie« kämpften. Natürlich war der Mythos von Erzherzog Johann angekratzt. Er hatte nach dem Verrat gegenüber seinem Bruder, dem Kaiser, zu schnell klein beigegeben. Roschmann versuchte vergebens, Johann nochmals als Zugpferd eines offiziellen, von Wien verordneten Aufstandes vorzuspannen. Die Tiroler scheuten ohne einen »unbefleckten« Johann die blutige Auseinandersetzung.

Vielleicht glaubten sie auch, in Kronprinz Ludwig, den von Montgelas ungeliebten bayerischen Generalkommissär des Inn-, Salzachkreises einen neuen Führer finden zu können. Bekanntlich spielte Kronprinz Ludwig in diesen Jahren mit dem Gedanken, sich auf die Seite der Alpenländer zu stellen und in Anbetracht des politischen Zentralismus in München das Oberhaupt der alpenländischen Territorien zu werden. Er musste wegen der Politik Montgelas fürchten, nie bayerischer König werden zu können.

Jedenfalls kämpften die Tiroler mit den sogenannten Föderalisten auch unter der von Wien eingesetzten Führung Roschmanns um ihre »Demokratie«. Roschmann war es gewesen, der unter Hinweis auf drohende *»Anarchie und Demokratie«* in dem ohne Wien aufständischen Tirol, den Verrat bevorzugte. Er war es auch, der in der Folgezeit die Zusammenarbeit mit den »alten Helden« der Alpenregion scheute, und sich schließlich für Wien gegen das Tiroler Volk stellte. Obwohl Tiroler, war er mehr kaiserlicher Staatsbeamter, dem die Demokratiebestrebungen der Alpenländer ungelegen kamen.

Dieses Demokratieverständnis der alpenländischen Bevölkerung würde eine gesonderte historische Herausarbeitung verdienen.

Es dürfte auch ein wesentliches Unterscheidungsmerkmal zu den gleichzeitigen Aufständen in Norddeutschland gewesen sein, die sich primär gegen Napoleon richteten. Man darf sich die Frage stellen: War die Bevölkerung der Alpenregion im Hinblick auf die deutsche Demokratiebewegung Jahrzehnte später politisch etwa schon weiter?

Richter Y. erscheint es so.

Er sieht die genannten Mitglieder der Verschwörung Alpenbund trotz großer Charakterunterschiede als gemeinsame Verfechter einer erträumten Form der Demokratie, notfalls der Utopie eines eigenen Staatsgebildes aus »llyrien, Tirol, Vorarlberg, Allgäu, Salzburger Berge, Schweiz, welschen Thäler«.

Richter Y. lächelt müde. Es ist spät geworden. Morgen ist der Tag der Urteilsverkündung. Er spürt, der Sachverhalt, der seinem Urteil zugrunde liegen wird, ist ein lächerlich überschaubares Abbild von dem, was sich hinter der Verschwörung Alpenbund in der Geschichte versteckt. Er wird sich in seinem Urteil auf das konzentrieren, was sein Handwerk ist –, aber er wird das Handwerkszeug jener Jahre verwenden, in denen die Justiz noch dazu gedient hatte, eine freiheitlich-demokratische Grundordnung zu sichern. Er wird sich in seinem letzten Urteil als Staatsorgan gegen seinen Staat stellen, der ihm zu zentralistisch-absolutistisch geworden ist. Und die Beschäftigung mit der Geschichte anfangs des 19. Jahrhunderts hat ihn darin bestärkt. Seine umfangreichen Recherchen brauchte er nicht vorrangig zur juristischen Urteilsfindung, aber zur Selbstfindung.

Richter Y. denkt auch an die sieben Angeklagten, die sorgenvoll den morgigen Tag erwarten. Die jungen Leute wissen nur um die Namen und um die Begriffe, die sie für ihre Demonstration verwendet hatten, praktisch nichts über die Personen und deren geschichtlichen und politischen Hintergründe. Sie wollten gegen den zentralistischen Machtstaat des Jahres 2040 demonstrieren. Richter Y. muss einräumen: Zur Verfolgung ihrer demokratischen und freiheitlichen Ziele und ihres Affronts gegen den neuen Zentralismus haben sie schon die richtigen Figuren und die richtige Epoche ausgesucht. Insofern wurden sie von ihren österreichischen Kommilitonen schon richtig informiert.

Die Alpenbundverschwörung selbst war allerdings – eine Ironie des Schicksals – von ihrer eigenen Zeit überholt worden. Dies hatte Blutopfer vermieden. Sie lebt aber weiter. Man verbindet mit ihr den Wunsch nach Freiheit, Achtung vor der individuellen Originalität, Selbstbestimmung, aber auch den Wunsch nach einem Staatswesen, das diese Werte gewährleisten und mit dem man sich deshalb auch identifizieren möchte.

Richter Y. zieht seine Stirn in Falten. Ob natürlich die Form der Demonstration gerade glücklich gewählt war, guten Geschmack verriet oder gar eine Straftat war? Dies sind andere Fragen, die letzte wird er morgen beantworten.

XII. URTEIL IM JAHRE 2040.

Der Senat kommt aus dem Beratungszimmer. Die schwarzen Roben machen die Richter noch größer als sie sind. Außerdem schreiten sie auf einem erhöhten Podest. Sie bleiben hinter dem mächtigen Richtertisch stehen. Der Vorsitzende in der Mitte des Kollegialgerichts, aufrecht stehend, mit dem niedergeschriebenen Urteilstenor in den Händen.

Richter Y. blickt ins Publikum. Alle haben sich von ihren Sitzen erhoben, eine Ehrerbietung gegenüber dem Gericht. Links der Staatsanwalt, etwas erhöht stehend, aber nicht so hoch wie das Gericht, links unten die sieben Angeklagten, vorsorglich mit elektronischen Fußfesseln versehen, der Verteidiger mit gesenktem Kopf. Im Hintergrund der Zuhörerraum, der voll gefüllt ist. Auch Vertreter der Presse sind anwesend, wenn es auch eine »freie Presse« nicht mehr gibt. Der Prozess hat großes Aufsehen erregt. Man leidet mit den sieben Angeklagten.

Richter Y. verliest den Urteilstenor:

»Im Namen des Volkes ergeht folgendes Urteil:

Die Angeklagten werden freigesprochen.
Die Staatskasse trägt die Kosten des Verfahren.

Es ergeht dann noch folgender Beschluss:

Der Haftbefehl gegen die sieben Angeklagten wird aufgehoben.
Es wird die Freilassung der Angeklagten angeordnet.«

Es herrscht ungewohnte Unruhe im Publikum. Man ist überrascht. In diesen Zeiten rechnet man nur noch mit Verurteilungen. Freisprüche gibt es nicht mehr, so meinten jedenfalls die Zuschauer.

Die Richter setzen sich. Alles setzt sich.

Richter Y., Vorsitzender des Senats für Staatsschutzsachen gibt die mündliche Urteilsbegründung.

Er hebt an:

Vorauszuschicken ist, dass das Gericht insoweit mit der Staatsanwaltschaft einig geht, als es im vorliegenden Fall nicht um einen etwa strafbaren Affront gegenüber dem Ausland geht, also das Völkerrecht oder entsprechende Gesetze nicht berührt werden Es handelt sich hier allenfalls um strafbare Handlungen gegen innerstaatliche Rechtsgüter der Bundesrepublik Deutschland und des Freistaates Bayern, wie es in der Anklage auch zum Ausdruck gebracht wurde.

Die sieben Angeklagte haben sich den ihnen von der Staatsanwaltschaft vorgeworfenen Straftaten nicht schuldig gemacht.

Sie haben durch ihre Vorgehensweise weder den Tatbestand eines Verbrechens des Hochverrats gegen ein Land gemäß § 82 StGB – wobei § 82 Absatz 1 Ziffer 1 StGB rein rechtlich gesehen ohnehin wegen Subsidiarität hinter § 81 Absatz 1 Ziffer 1 StGB zurückträte – noch den Tatbestand eines Verbrechens des Hochverrats gegen den Bund gemäß § 81 StGB erfüllt.

Es liegt schon keine »Drohung mit Gewalt« vor. Zwar umfasst der Gewaltbegriff nicht nur den unwiderstehlichen körperlich wirkenden Zwang, sondern auch mittelbare Einwirkungen, die sogenannte vis compulsiva. Das nur zur Schau gestellte Bedrohen einer symbolisch dargestellten Figur einer bayerischen Staatsregierung mit der Attrappe einer Armbrust reicht dafür nicht aus. Nicht erschwerend kann erachtet werden, dass der Apfel nicht auf dem Kopf des dargestellten Ministers war, sondern dieser von ihm in der Hand gehalten wurde.

Es kann auch nicht darauf abgestellt werden, dass durch Zwang etwa der öffentliche Verkehr zusammengebrochen wäre, so als Folge einer Massendemonstration oder von Blockadeaktionen. Der Vorfall auf dem Kirchplatz in Sonthofen hatte insoweit keine Konsequenzen. Die Zuschauermenge hielt sich in Grenzen, war diszipliniert und machte keine Anstalten, mit den sieben Angeklagten gemeinsame Sache zu machen, wenn auch lauter Beifall zu hören war.

Vor allem fehlt es am Zusammenhang zwischen *»Drohung mit Gewalt«* und *»Beeinträchtigung des Bestandes der Bundesrepublik Deutschland«*.

Nicht einmal die Staatsanwaltschaft selbst macht geltend, dass die sieben Angeklagten die auf dem Grundgesetz der Bundesrepublik Deutschland oder auf der Verfassung des Freistaates Bayern beruhende verfassungsmäßige Ordnung ändern wollten. Vorliegender Fall unterscheidet sich wesentlich von BGH (Bundesgerichtshof), Urteil vom 6.5.1954, als die KPD (Kommunistische Partei Deutschland) den Sturz des »Adenauer Regimes« wollte. Dort sollten Regierung, die verfassungstreue Opposition und der Bundestag durch außerparlamentarische Aktionen ausgeschaltet werden. Es sollte eine Neuordnung erreicht werden und zwar unter vollständiger Abkehr von den Grundsätzen der repräsentativen Demokratie, wie sie im Grundgesetz steht.

Die sieben Angeklagten vermitteln demgegenüber vielmehr den Eindruck, an die Einhaltung einer demokratischen Grundordnung erinnern zu wollen und ihre praktische Wiedereinführung anzumahnen. Sie wollen das Grundgesetz und die verfassungsgemäß ergangenen Gesetze wieder mit dem Geiste ihrer Großväter belebt sehen.

Im übrigen müsste der Plan, der auf die gewaltsame Änderung der verfassungsmäßigen Ordnung zielt, auch zeitlich hinreichend bestimmt sein. Schon das Reichsgericht hatte ausgeführt, dass der für den Umsturz vorgesehene Zeitpunkt nicht in *»erheblicher Ferne«* oder nicht in *»unab-*

sehbarer« oder *»nebelhafter Ferne«* liegen darf. Der vorliegende Fall bietet hinsichtlich des vorgesehenen Zeitpunkts keinerlei Anhaltspunkte, ein solcher wird nicht genannt oder dargestellt.

Die sieben Angeklagten haben es auch nicht unternommen, den Bestand der Bundesrepublik Deutschland zu beeinträchtigen. Gemäß § 92 StGB beeinträchtigt den Bestand der Bundesrepublik Deutschland im Sinne dieses Gesetzes, wer ihre Freiheit von fremder Botmäßigkeit aufhebt, ihre staatliche Einheit beseitigt oder ein zu ihr gehörendes Gebiet abtrennt.

Nach der höchstrichterlichen Rechtsprechung wird dann ein zur Bundesrepublik Deutschland gehörendes Gebiet abgetrennt, wenn es einem anderen Staat einverleibt oder selbständig gemacht wird.

Die sieben Angeklagten haben nichts unternommen, deutsche Gebiete einem fremden Staat einzuverleiben oder selbständig zu machen.

Zwar ist der Geschichte des Alpenbundes tatsächlich zu entnehmen, dass die Alpenländer wieder an Österreich zurückgeführt werden sollten oder sich womöglich gar über »Istrien«, Kärnten, Steiermark, Tirol, Südtirol, Vorarlberg, Teile der deutschsprachigen Schweiz und über Teile des Allgäus ein neues Staatsgebiet »Rhätien« erstrecken sollte. Wenn man für den Alpenbund demonstriert, demonstriert man auch für den Umfang des genannten Territoriums.

Aber Tirol und Vorarlberg waren 1814 wieder an Österreich zurückgefallen; auch das Salzburger Bergland, Kärnten und die Steiermark sind wieder österreichisch, »Istrien« ist Slowenien, Kroatien, Italien. Südtirol ist Italien, die angesprochenen Kantone sind Schweiz.

Die Beweisaufnahme ergab keinerlei Anhaltspunkte dafür, dass die sieben Angeklagten für die Zurückführung von Istrien, Südtirol und Teile der deutschsprachigen Schweiz an Österreich demonstrieren wollten. Dies war – wie eingangs schon gesagt – auch nie Anklagepunkt der Staatsanwaltschaft.

So bleiben, was den »*Bestand der Bundesrepublik Deutschland*« anlangt, auf den ersten Blick nur Teile des Allgäus, auch das Oberallgäu. Insoweit ist allerdings nur zu vermuten, dass es dem Alpenbund zugehörig sein sollte, ein Beweis liegt nicht vor. Anders ist die Situation, was das Westallgäu bzw. das ehemalige Landgericht Weiler mit den Orten Weiler, Weitnau, Lindenberg, Simmerberg, Grünenbach u.s.w. anlangt. Dieses Territorium war jahrhundertelang österreichisch und Bestandteil von Vorarlberg. Auch Immenstadt mit Umgebung – die frühere Grafschaft Königsegg-Rothenfels mit Werdenstein – war österreichisch gewesen. Diese Gebiete waren mit Sicherheit Teil der Planung des Alpenbundes.

Also reduziert sich eine etwaige »*Beeinträchtigung des Bestandes der Bundesrepublik Deutschland*« soweit nur auf diese genannten Allgäuer Bereiche.

Aber auch dafür gibt es keine objektiven Anhaltspunkte. Die Demonstration der Angeklagten gibt nichts dafür her, dass etwa diese Teile des Allgäus dem österreichischen Staat einverleibt werden sollen. Was wäre sonst näher gelegen, als die Demonstration zum Beispiel in Untertrogen im Markt Weiler-Simmerberg im Westallgäu, noch dazu Geburtsort von Dr. Schneider, stattfinden zu lassen.

Die Allgäuer Gebiete sollten nicht einem existenten Staat einverleibt oder selbständig gemacht werden. Sie waren nur Bestandteil des Alpenbundes, also Bestandteil einer Verschwörung, eines Gedankenspiels aus den Jahren 1811/1812/1813, allenfalls noch Bestandteil eines fiktiven Staates, einer Utopie, die eine solche auch blieb. Atlantis bzw. »Alplantis« war untergegangen, kein Staatsgebilde, dem man Teile des Allgäus einverleiben könnte. Zu einem »*Königreich der Berge*« oder zu »*Rhätien*« ist es nie gekommen.

Darüberhinaus wäre ein Vorsatz der sieben Angeklagten – der sogenannte

Eventualvorsatz würde ausreichen – nicht nachweisbar. Die Angeklagten kannten keine relevanten Details der Verschwörung Alpenbund. Die Rufe *»Es lebe der Alpenbund«* und *»Alpenländer vereinigt euch«* alleine reichen für einen Nachweis nicht aus. Das Bekenntnis, dass eine Utopie leben möge, kann nicht in einen Vorsatz hinsichtlich Hochverrats umgedeutet werden. Der Begriff *»Alpenländer vereinigt euch«* ist für sich betrachtet ein seit Jahrzehnten gängiger Begriff in Werbung, Songs und Dichtung. Auch in Verbindung mit der Darstellung der Angeklagten im übrigen kann er nicht anders verstanden werde.

Das gleiche gilt im Hinblick auf etwaige andere, am nördlichen, bayerischen Alpenrand liegende und mit dem ehemaligen Landgericht Weiler und der ehemaligen Grafschaft Königsegg-Rothenfels geschichtlich vergleichbare Territorien.

Es bleibt dabei: Die Angeklagten haben sich – so auch ihre unwiderlegbaren Angaben zur Sache – des Alpenbunds als Synonym für Freiheit und Demokratie bedient.

Fehlt es am Vorsatz, also am subjektiven Tatbestand, kann auch nicht der Versuch eines Hochverrats vorliegen, so § 22 StGB.

Die sieben Angeklagten haben sich auch nicht eines Verbrechens gemäß § 83 StGB strafbar gemacht.

§ 83 StGB sanktioniert die Vorbereitungshandlung zum Hochverrat.

Dass die Angeklagten die Tatbestandsmerkmale eines Verbrechens des Hochverrats nicht erfüllt haben, wurde schon ausführlich begründet. Im übrigen müsste die Vorbereitungshandlung für den Staat schon *»einen gewissen Gefährlichkeitsgrad«* erreicht haben. Dafür gibt es keine Anhaltspunkte. Nach NJW (Neue Juristische Wochenschrift) 54,1259 würde nicht einmal die bloße *»öffentliche Aufforderung zum Hochverrat«* genügen.

Pressegesetze werden hier nicht berührt.

Die Angeklagten haben sich auch nicht eines Vergehens nach § 90 a StGB strafbar gemacht.

Es kann nicht festgestellt werden, dass sie öffentlich die Bundesrepublik Deutschland oder eines ihrer Länder, hier den Freistaat Bayern beschimpft oder böswillig verächtlich gemacht hätten.

Die Rufe »*Der bayerische Innenminister ist ein Gamsbock*« wenden sich speziell an ein Mitglied der Regierung – dafür käme der § 90 b StGB in Betracht. Sollte man die Meinung vertreten wollen, dass die Gesamtdarstellung durch die Angeklagten daneben auch eine Verunglimpfung der Bundesrepublik Deutschland und des Freistaates Bayern sei, so steht einer Strafbarkeit Artikel 5 Grundgesetz entgegen.

Zwar vertrat der BGH (Entscheidungen des Bundesgerichtshofs) 3,346, Urteil vom 14.10.1952 noch folgende Ansicht: »*Verächtlich gemacht? wird die Bundesrepublik Deutschland, wenn der Täter sie als der Achtung der Staatsbürger unwert bezeichnet und als unwürdig hinstellt. Eine Gefährdung der verfassungsmäßigen Ordnung ist nicht erforderlich*« Der Vergleich der Bundesrepublik Deutschland mit einer »*frischgestrichenen Coca-Cola-Bude*« fiele darunter. Der Begriff »*Bude*« sei als minderwertig und unfertig zu verstehen, »*Coca-Cola*« als Zeichen einer unwürdigen Abhängigkeit der Bundesrepublik Deutschland vom amerikanischen Kapitalismus.

Gefolgt wird jedoch der Rechtsprechung des Bundesverfassungsgerichts, Beschluss vom 3.11.2000, NJW 2001, 596, das betont, dass »*§ 90 a StGB in einem Spannungsverhältnis zu Art. 5 GG steht*«. Ich zitiere: »*§ 90 a StGB verbietet nicht, ablehnende und scharfe Kritik am Staat zu formulieren und sich dabei Übertreibungen, auch Geschmacklosigkeiten und Entstellungen zu bedienen.*«

Die satirische Darstellung eines Ministers mit Gamsbockkopf und die Beschreibung, dass er ein »*Gamsbock*« ist, kann in diesem Zusammenhang lediglich als übertriebene und straffreie Kritik an einem Staat gesehen werden, der sich solcher Repräsentanten bedient.

Das Gericht wird auf den Begriff der »*Kunstfreiheit*« und auf die notwendige Abwägung zwischen ihr und anderen verfassungsrechtlich gewährten Rechten im Rahmen der Urteilsbegründung zu § 185 StGB zurückkommen.

Auch der Tatbestand eines Vergehens nach § 90 b StGB ist nicht erfüllt.

Zwar wird wohl ein Minister des Freistaates Bayern – jetzt als Person – in Verbindung mit der Darstellung als Gamsbock in einer das Ansehen des Staates gefährdenden Weise verunglimpft. Verunglimpfen heißt, die Person durch Werturteil oder Tatsachenbehauptung als der Achtung der Bürger unwert und unwürdig hinstellen. Allerdings ist, ohne hier auf das Spannungsverhältnis zu Artikel 5 Absatz 3 Grundgesetz eingehen zu müssen, hervorzuheben, dass es jedenfalls an dem weiteren Tatbestandsmerkmal des § 90 b StGB fehlt. Es wurde bereits ausgeführt, dass den sieben Angeklagten nicht vorzuwerfen ist, sich durch ihre Aktionen absichtlich für Bestrebungen gegen den Bestand der Bundesrepublik Deutschland eingesetzt zu haben.

Die Angeklagten haben sich auch nicht eines Vergehens der Beleidigung gemäß § 185 StGB schuldig gemacht.

»Der bayerische Innenminister ist ein Gamsbock«

Zwar handelt es sich hierbei um eine verklausulierte Missachtungskundgabe der Angeklagten gegenüber dem bayerischen Innenminister – Strafantrag wurde gestellt –, nach Ansicht des Gerichts letztlich aber nicht um eine strafbare »*Schmähkritik*«.

164

Nach der höchstrichterlichen Rechtsprechung liegt eine »*Schmähkritik*« nur dann vor, wenn die Diffamierung der Person im Vordergrund steht.

Den Angeklagten steht das Recht auf Kunstfreiheit nach Artikel 5 Absatz 3 Grundgesetz zu; »*Kunst und Wissenschaft, Forschung und Lehre sind frei*«. Diese Kunstfreiheit ist nicht unbegrenzt, sie ist begrenzt durch andere Verfassungsrechte, wie »*Würde des Menschen*« und Persönlichkeitsrechte nach Artikel 1 Grundgesetz.

Es gilt hier eine Abwägung zwischen Kunstfreiheit und Ehrenschutz vorzunehmen, wobei zuerst zu klären ist, ob die Aktionen der Angeklagten »*Kunst*« sind.

Das Gericht möchte die dazu fundamentalen Ausführungen des Bundesverfassungsgerichts in seinem Beschluss vom 17.7.1984 auszugsweise zitieren:

> »*1. Diese Freiheitsverbürgung enthält nach Wortlaut und Sinn zunächst eine objektive, das Verhältnis des Lebensbereichs »Kunst« zum Staat regelnde Grundsatznorm. Zugleich gewährleistet die Bestimmung jedermann, der in diesem Bereich tätig ist, ein individuelles Freiheitsrecht. Sie betrifft in gleicher Weise den »Werkbereich« des künstlerischen Schaffens als auch den »Wirkbereich« der Darbietung und Verbreitung eines Kunstwerks, in dem der Öffentlichkeit Zugang zu dem Kunstwerk verschafft wird (BVerfGE-Entscheidungen des Bundesverfassungsgerichts- 30,173, 188 f.). In das Grundgesetz ist die Gewährleistung unter dem Eindruck der leidvollen Erfahrungen aufgenommen worden, die Künstler während der nationalistischen Gewaltherrschaft haben hinnehmen müssen. Dies ist auch für die Auslegung des Art. 5 Abs. 3 Satz 1 GG von Bedeutung,. Weder darf die Kunstfreiheitsgarantie durch wertende Einengung des Kunstbegriffs noch durch erweiternde Auslegung oder Analogie aufgrund der Schrankenregelung anderer Verfassungsbestimmungen einge-*

schränkt werden ?

2. *Der Lebensbereich »Kunst« ist durch die vom Wesen der Kunst geprägten, ihr allein eigenen Strukturmerkmale zu bestimmen. Wie weit danach die Kunstfreiheitsgarantie der Verfassung reicht und was sie im einzelnen bedeutet, läßt sich nicht durch einen für alle Äußerungsformen künstlerischer Betätigung und für alle Kunstgattungen gleichermaßen gültigen allgemeinen Begriff umschreiben...*

   a) *Den bisherigen Versuchen der Kunsttheorie (einschließlich der Reflexionen ausübender Künstler über ihr Tun), sich über ihren Gegenstand klar zu werden, läßt sich keine zureichende Bestimmung entnehmen, so dass sich nicht an einen gefestigten Begriff der Kunst im außerrechtlichen Bereich anknüpfen läßt. Dass in der Kunsttheorie jeglicher Konsens über objektive Maßstäbe fehlt, hängt allerdings auch mit einem besonderen Merkmal des Kunstlebens zusammen: die »Advantgarde« zielt gerade darauf ab, die Grenzen der Kunst zu erweitern. Dies und ein weitverbreitetes Mißtrauen von Künstlern und Kunsttheoretikern gegen starre Formen und strenge Konventionen sind Eigenheiten des Lebensbereichs Kunst, welche zu respektieren sind und bereits darauf hindeuten, dass nur ein weiter Kunstbegriff zu angemessenen Lösungen führen kann.*

   b) *Die Unmöglichkeit, Kunst generell zu definieren, entbindet indessen nicht von der verfassungsrechtlichen Pflicht, die Freiheit des Lebensbereiches Kunst zu schützen, also bei der konkreten Rechtsanwendung zu entscheiden, ob die Voraussetzungen des Art. 5 Abs. 3 Satz 1 GG vorliegen.*

Soweit Literatur und Rechtsprechung für die praktische Handhabung von Gesetzen, welche »Kunst« als Tatbestandsmerkmal enthalten, Formeln und Abgrenzungskriterien entwickelt haben, ist dies für die Auslegung der Verfassungsgarantie nicht ausreichend, da die einfachrechtliche Auslegung an den verschiedenen Zwecken der gesetzlichen Regelungen orientiert ist.

Weitergehende Versuche einer verfassungsrechtlichen Begriffsbestimmung treffen, soweit ersichtlich nur Teilaspekte; sie können jeweils nur für einzelne Sparten künstlerischer Betätigung Geltung beanspruchen....

3. a) *Das Bundesverfassungsgericht hat als wesentlich für die künstlerische Betätigung »die freie schöpferische Gestaltung« betont, » in der Eindrücke, Erfahrungen, Erlebnisse des Künstlers durch das Medium einer bestimmten Formensprache zu unmittelbarer Anschauung gebracht werden«. Alle künstlerische Tätigkeit sei ein Ineinander von bewußten und unbewußten Vorgängen, die rational nicht auflösbar seinen. Beim künstlerischen Schaffen wirken Intuition, Phantasie und Kunstverstand zusammen, es sei nicht primär Mitteilung, sondern Ausdruck, und zwar unmittelbarster Ausdruck der individuellen Persönlichkeit des Künstlers.«*

Das Bundesverfassungsgericht machte diese Ausführungen anläßlich einer Verfassungsbeschwerde, deren Gegenstand war, ob eine Verurteilung durch das Amtsgericht Kempten wegen Beleidigung im Rahmen eines politischen Straßentheaters vor der Kunstfreiheitsgarantie des Art, 5 Abs. 3 Satz 1 GG Bestand hat.

Es ging um den sogenannten »*Anachronistischen Zug*«, der am 15.9.1980 auf einem, ihm vom Landratsamt zugewiesenen Platz in Sonthofen stand. Dort wurde das Verdeck des letzten von neun Wagen, des sogenannten »*Plagenwagen*« abgenommen, so dass sechs mannsgroße Puppen sichtbar wurden. Der damalige Beschwerdeführer hatte die Aufgabe, den damaligen Bundeskanzlerkanditaten und Bayerischen Ministerpräsidenten Franz Josef Strauß darzustellen. Er stellte sich mit dem maskierten Gesicht zu den Puppen und hielt ein Schild mit der Aufschrift »*Hitler muß einmal tot sein*«. Es wurde eine Hydraulik im Wagen betätigt, worauf sich die Puppen aufstellten und wieder setzten. Die sechs Puppen sollten die sechs

Plagen in Gestalt der »*6 Parteigenossen*« aus dem »*braunen Haus*«, die Unterdrückung in der Maske von Heydrich, der Aussatz in der von Hitler, der Betrug in der von Goebbels, die Dummheit wohl in der von Ley, der Mord in der von Himmler und der Raub in der von Göring darstellen. Die Figur »*Strauß*« sollte den Sieger markieren, der er sein will, der Beste, den man sich denken kann. Allerdings sollte auch die scharfe Auseinandersetzung zwischen Strauß und den Puppen demonstriert werden.

Im Regiebuch heißt es wörtlich: »*Der Charakter des Kampfes wie auch sein anzunehmender Ausgang (eine Politik, die die »Vorteile« des Hitlerfaschismus haben will, ohne seine Nachteile aufzuweisen, ist nicht möglich, sondern würde nur in eine noch größere Katastrophe führen) mag dadurch besonders deutlich werden, dass dieser Kampf stattfindet zwischen einem Menschen mit Strauß-Maske einerseits und sich mechanisch, maschinenmäßig bewegenden Figuren andererseits, also Figuren, von denen zu erwarten ist, dass sie immer wieder aufstehen werden, auch wenn sich ein Strauß noch so sehr anstrengt zu beweisen, dass er der »Bessere« ist.*«

Diese Art der Kritik an Strauß durch seine politischen Gegner erfolgte in Anlehnung an das Gedicht von Bertolt Brecht, 1947, »*Der Anachronistische Zug oder Freiheit und Democracy*«.

Das Amtsgericht Kempten würdigte diesen Sachverhalt als Beleidigung des Bayerischen Ministerpräsidenten. Die »*engste Zusammengehörigkeit des Nebenklägers (Strauß) mit den Führern des Dritten Reiches*« auf dem Wagen vermittle dem unvoreingenommenen Straßenpassanten, dass sie alle zusammen »*in einem Boot*« säßen. Auf den sogenannten Kunstvorbehalt aus Art. 5 Abs.3 Satz 1 GG brauche nicht eingegangen zu werden, weil das bloße Aufstellen des letzten, einen Wagens noch keinen direkten Bezug zur Aufführung selbst gehabt habe. Das Gedicht von Brecht sei noch nicht deklamiert worden.

Demgegenüber bejahte das Bundesverfassungsgericht die Anwendung des Art. 5 Abs.3 Satz 1 GG.

Das damalige Erscheinungsbild des »*Anachronistischen Zuges*« genüge den dargestellten Anforderungen an den Kunstbegriff. Schöpferische Elemente seien schon in der Art der bildhaften Umsetzung des Gedichts von Brecht zu sehen. Das Gedicht und seine Darbietung könne als hinreichend »*geformt*« angesehen werden.

Was folgt daraus für unsere sieben Angeklagten?

Das Gericht ist der Ansicht, dass entsprechend der Definition des Bundesverfassungsgerichts im genannten Beschluss auch hier die Anforderungen an den Kunstbegriff erfüllt sind.

Die sechs Figuren des »Alpenbundes« in alpenländischer Tracht, als Freiherr von Hormayr, Erzherzog Johann mit Attrappe einer Armbrust, Dr. Schneider, Freiherr von Gagern, Graf von Reisach-Steinberg und von Roschmann gekennzeichnet, standen drohend der Figur der bayerischen Staatsgewalt, mit einem Gamskopf versehen gegenüber. Erklärt wurde diese Szenerie auf dem offenen Wagen mit Rufen wie »*Es lebe der Alpenbund*«, »*Alpenländer vereinigt euch*« und »*Der bayerische Innenminister ist ein Gamsbock*«. Armbrust und Apfel erinnern an Darstellungen von Wilhelm Tell.

Dieser szenischen Darstellung kann die Kunstwerkeigenschaft nicht abgesprochen werden. Die Darbietung hat die Form eines Theaters mit den sieben Angeklagten als Schauspieler. Sie trugen Masken und Requisiten und wurden aufgrund einer konkreten, wenn auch sehr einfachen Regie in Szene gesetzt. Unbeachtlich ist, dass damit eine Form des »Straßentheaters« angeboten wurde. Fest installierte Bühnen gebührt kein Vorrang gegenüber Wanderbühnen, dieser Theaterform mit langer Tradition.

Es gibt Kritiker des Kunstbegriffs des Bundesverfassungsgerichts. Nach ihnen – so formulieren sie – dürfen Gerichte nicht alles, was heute, sei es vom Künstler selbst, sei es von der Umwelt, als Kunst ausgegeben wird,

als »*Kunstwerk*« im Rechtssinne anerkennen. »*Wenn Beuys erklärt hat:*
»*Alles ist Kunst. Jeder ist Künstler*«, *so ließe sich die Kunst nicht mehr über-*
zeugend von anderen Kunstgebilden abgrenzen … Und wenn jeder Künstler
gar, indem er vor einer Mauer stehend in ein schwarzes Ofenloch starrt, seine
eigene Person als »*das*« *Kunstwerk erklärt, so müßte im Falle einer damit etwa*
verbundenen strafbaren Handlung der Richter einem so uferlosen Kunstbegriff
die Anerkennung versagen.«

Vorliegender Fall ist damit nicht vergleichbar. Die Angeklagten intonierten
zusätzlich Lieder, die anfangs, Mitte des 19.Jahrhunderts zu Ehren des
Erzherzog Johann entstanden. Sie sangen und jodelten den Erzherzog
Johann- Jodler »*Gehundsteh Herzsoweh*« und das Lied »*Eh'die Sunn auf*
d'Alma fruah do auffa geht.«

Der Jodler ist bekannt, das zweite Lied zitiere ich:
»*1) Eh'die Sunn auf d'Alma fruah do auffa geht*
   Und im grüan Klad'a da Wold dosteht,
   Geht a Jaga mit der Büchs'n in der Hand
   Lusti auffi auf sein hoch'n Stand
   Jodler.

 2.) Und dort ob'n hoch von der Fels'nwand
   Schaut er freundli hin in sein Steirerland,
   Das vom Dachstoan bis zan Donatiberg
   Tiaf hinab is ihm Wohlbekannt.
   Jodler.

 3) 's ganzi Steirerland kennt den Jagersmann
   Und vagißt 'n nit und vakennt 'n nit,
   Ja, Prinz Johann lebt, so langs noch Steirer gib
   Und a redlich's Steirerherz noch schlagt.
   Jodler.

170

Dieses Lied ist Kunst im Sinne des Grundrechts. *»Dies ergibt sich sowohl bei ausschließlich formaler Betrachtungsweise, weil die Gattungsanforderungen des Werktyps »Komposition« und »Dichtung« erfüllt sind, als auch bei einer eher inhaltsbezogenen Definition des Kunstbegriffs«.* Ich zitiere wieder aus dem Urteil des Bundesverfassungsgerichts, Beschluss vom 3.11.2000 in NJW 2001, 597.

Erwähnt wird, dass auch die Liedsachverständigen insoweit von einem Kunstlied ausgehen. Helmut Brenner führte 1996 dazu aus: *»Das Lied »Eh'die Sunn auf d'Alma fruah do auffa geht« ist nach verschiedenen Auffassungen kein Volkslied, sondern wohl kunstmäßigen Ursprungs«.* Den Erzherzog Johann-Jodler nennt er *»Kunstlied im Volksmund«* und übernimmt dabei die Definition von Walter Linder-Beroud, der darunter das volkstümliche Volkslied des 19.Jahrhunderts versteht.

Damit steht fest, dass die Darbietung der sieben Angeklagten Kunst im Sinne des Grundrechts ist.

Allerdings ist sich das Gericht dessen bewusst, dass auch die Kunstfreiheit Grenzen unmittelbar in anderen Bestimmungen der Verfassung findet, die ein in der Verfassungsordnung des Grundgesetzes ebenfalls wesentliches Rechtsgut schützen, so das durch Art. 2 Abs.1 in Verbindung mit Art. 1 Abs. 1 GG geschützte Persönlichkeitsrecht.

Es gilt zwischen diesen beiden Rechten abzuwägen.

Dazu bedarf es der Klärung, ob die Beeinträchtigung des Persönlichkeitsrechts – hier in Form einer Beleidigung – derart schwerwiegend ist, dass die Freiheit der Kunst zurückzutreten hat.

Ist die Formulierung *»Der bayerische Innenminister ist ein Gamsbock«* derart schwerwiegend?

Künstlerische Äußerungen können nach dem Bundesverfassungsgericht interpretiert werden. Abzustellen ist dabei auf die Gesamtschau des Werkes.

Beim »*Anachronistischen Zug*« hat dies dazu geführt, dass es nach dem Bundesverfassungsgericht unbeachtlich war, dass nur ein Wagen – der Plagenwagen – zur Schau gestellt worden war. Außerdem monierte das Bundesverfassungsgericht, dass das Amtsgericht Kempten nur eine von mehreren Interpretationsmöglichkeiten, und diese zum Nachteil des Beschwerdeführers herausgestellt hatte. »*Ein anderer Beobachter könnte zu dem Schluss gelangen, der Nebenkläger (Strauß) bekämpfe, wenn auch erfolglos, Verkörperungen des Nationalsozialismus.*«

Das Bundesverfassungsgericht hob das Urteil des Amtsgerichts Kempten auf und verwies das Verfahren zur erneuten Verhandlung und Entscheidung an das Amtsgericht Kempten zurück.

Damit ist die Formulierung »*Der bayerische Innenminister ist ein Gamsbock*« in der Gesamtschau zu sehen. Zur Gesamtschau gehört die Gesamtheit der szenischen Darstellung. Der als Erzherzog Johann ausgewiesene Angeklagte richtete seine Armbrustattrappe auf das bayerische Regierungsmitglied. Gerade über Erzherzog Johann weiß man seine Vorliebe für die alpenländische Jagd, in der steirischen Tracht und mit dem Stutzen in der Hand. Hier wurde die Armbrust in Anlehnung zu Wilhelm Tell gewählt. Was liegt näher, als das Zielobjekt der Bedrohung als Gamsbock darzustellen.

Von daher tritt die Beleidigung eher in den Hintergrund. Das Recht auf Kunstfreiheit bleibt unbeschränkt.

Zu erwähnen wäre in diesem Zusammenhang ein Urteil des Oberlandesgerichts Hamburg, MDR 1967,146. Dort wurde in einer satirischen Rundfunksendung einem namentlich genannten Minister vorgeworfen, er sei so störrisch wie ein Esel, ja eigentlich müsse der Esel sogar vor einer Bezeichnung mit dem Namen des Ministers geschützt werden. Der Angeklagte wurde freigesprochen. Zwar sei außerhalb der Satire »*nach allgemeinen Maßstäben*« die Gegenüberstellung von Tier und Mensch eine beleidigende Missachtung der Persönlichkeit, denn der Esel sei ein Sinnbild der Dummheit. Aber eine solche Satire dürfe man nicht nach solch allgemeinen Maßstäben beurteilen.

Auch OLG (Oberlandesgericht) Hamm. NJW 1982,659 führte aus, die Darstellung eines Menschen (Strauß) als Kampfstier stelle für sich genommen noch keine herabsetzende Wertung einer Person dar.

Damit haben sich die sieben Angeklagten auch keines Vergehens der Beleidigung nach § 185 StGB schuldig gemacht.

Die Angeklagten waren von sämtlichen. Ihnen zur Last gelegten Straftaten freizusprechen.

Die Kostentragungspflicht ergibt sich aus dem Gesetz.

Dies zur mündlichen Urteilsbegründung. Genauere Ausführungen bleiben dem schriftlichen Urteil vorbehalten.
Richter Y. wendet sich zum Staatsanwalt.

Ein letztes Wort an die Staatsanwaltschaft.

Das Gericht bedauert, feststellen zu müssen, dass die Staatsanwaltschaft den Vorfall auf dem Kirchplatz in Sonthofen im Jahre 2040 zum Anlass genommen hat, im Interesse einer gegenwärtig übernervösen Staatsgewalt eine völlig überzogene Anklage gegen sieben junge Menschen zu erheben, die nicht mehr und nicht weniger taten, als ihren Unmut über das politische Dahinsiechen einer demokratischen Grundordnung kund zu tun.

Dabei haben sich die Freigesprochenen des »Alpenbundes« bedient – ohne darüber genaueres zu wissen –, einer Verschwörung anfangs des 19.Jahrhunderts, der vor allem die Befreiung der Alpenvölker am Herzen lag, die Rückkehr zu einem demokratischen Selbstverständnis.

Die Vorgehensweise der derzeitigen Staatsanwaltschaft erinnert an einen Ausspruch von Blaise Pascal in Otto Kirchheimer »Politische Justiz«, Luchterland, 1965:

»Gerechtigkeit unterliegt dem Streit; Macht ist klar zu erkennen und unstreitig. Deshalb konnte man die Gerechtigkeit nicht mit Macht ausstatten, denn die Macht hat der Gerechtigkeit widersprochen und gesagt, sie sei ungerecht; vielmehr sei sie, die Macht, gerecht. Da man also nicht zuwege bringen konnte, dass das, was gerecht ist, mächtig werde, hat man dafür gesorgt, dass das, was mächtig ist, Rechtens sei.«

Gerade in diesem Sinne weise ich pflichtgemäß auf die Möglichkeit hin, gegen das Urteil Rechtsmittel einlegen zu können; das Nähere ergibt sich aus der schriftlichen Belehrung, die sich für die Staatsanwaltschaft ohnehin erledigt.

Richter Y. erhebt sich und verlässt mit seinen Kollegen den Sitzungssaal, nicht ohne seinen Blick nochmals kurz durch den Raum schweifen zu lassen, einer von vielen, in denen er in seinem Berufsleben Urteile gesprochen hatte. Sein letztes Urteil war eines der besseren, schmunzelt er in sich hinein.

NACHWORT.

Zur Vermeidung aller Missverständnisse, insbesondere der gewollten, sei darauf hingewiesen, dass sich der Verfasser der demokratischen Grundordnung verpflichtet fühlt, gerne ein bayerischer und deutscher Bürger ist und die bestehenden Grenzen anerkennt. Er wünscht sich kein Jahr 2040, so wie es beschrieben ist. Er will warnen und verhindern, dass die Balance im Staate, die horizontale und vertikale Gewaltenkontrolle verloren gehen.

Es muss auch Europa bleiben. Einzelstaaten können in der Welt der globalen und gegenseitigen Abhängigkeiten nicht mehr existieren. Jeder ist seines nächsten Staates Nachbar, auch wenn man nicht an den gleichen Grenzen lebt. Wohlstand und soziale Absicherung sind nicht Selbstzweck oder bloße Attitüden einer oberflächlichen Konsumgesellschaft. Sie sind Werte und Pfeiler einer weltweiten Balance. Die Balance zu China, Indien und den stärker werdenden Drittländern kann nur durch eine Einheit gesichert werden, die über die Grenzen hinausgeht. Nur so kann verhindert werden, dass sich radikale Kräfte melden oder gar die Oberhand gewinnen.

Trotzdem ist dafür zu plädieren, dass die einzelnen Staaten, Landstriche und Bevölkerungsteile die Gewähr haben, sich entsprechend ihrer jeweiligen Originalität und ihrer eigenen Geschichte auch selbständig entwickeln zu können. Insoweit ist Föderalismus angesagt, nicht Zentralismus.

2040 soll nicht das Jahr der geschichtlichen Wiederholung werden. Der Beginn des 19.Jahrhunderts soll endgültig überwunden sein. Damals war es nur zu verständlich, dass man sich gegen die staatliche Zentralmacht gewehrt hatte, gegen Napoleon und andere absolutistische Pressionen und einen neuen deutschen Staat suchte, dies nach dem Untergang des Heiligen Römischen Reiches Deutscher Nation.

Der fiktive Prozess zeigt Sympathien für die unruhigen Geister dieser Zeit, aber die moderne Gesellschaft und der moderne Staat sollten sich keinen Grund geben, diese Geister wieder auferstehen zu sehen.

Der Verfasser möchte auch versöhnlich sein, wenn seine Kritik am Staate – egal in welcher Epoche – und an der Entwicklung in der Justiz manchen zu harsch erscheint.

Der Verfasser möchte auch versöhnlich sein gegenüber dem Habsburger Haus, das in dieser Prozessgeschichte nicht so sehr gut bewertet wird. Es ist mehr als Respekt, was er z.B. gegenüber Otto von Habsburg empfindet, auch wenn er sich nicht ganz sicher ist, ob die Gegenleistung des Erzherzogs für die gastfreundliche Aufnahme in Bayern nicht fast zu großherzig ausfiel. Es war der ehemalige bayerische Ministerpräsident Franz Josef Strauß, der ihn 1977 veranlasst hatte, auch deutscher Staatsangehöriger zu werden, in eine bestimmte Partei einzutreten und für diese im Europäischen Parlament tätig zu werden.

Aber der Verfasser ist unversöhnlich, wenn politische und verfassungsfeindliche Kräfte meinen, die beschriebene geschichtliche Idee des Alpenbundes für sich missbrauchen, insbesondere dafür Menschen morden zu müssen.

Das Büchlein beschreibt eine Epoche des Habsburger Hauses. Deshalb soll zum Abschluss dem am 4.7.2011 verstorbenen Otto von Habsburg die Ehre erwiesen werden.

Er war 98 Jahre alt geworden. *»Nach den Angaben seiner Familie war er in seinem Haus im bayerischen Pöcking friedlich eingeschlafen.«* (Wikipedia) Er wurde nach Maria Zell in der Steiermark überführt. Dort wurde der Sarg mit jenem seiner am 10.2.2010 verstorbenen Ehefrau Regina zusammengeführt. Maria Zell gilt als habsburgischer Hauptwallfahrtsort. Es trafen sich dort Vertreter der früheren Vielvölkermonarchie. Nach der Überführung nach Wien und der Totenmesse im Stephansdom wurde der Sarg in die Kapuzinerkruft gebracht, die traditionelle Grabstätte der Habsburger. Der Sarg wurde nach der sogenannten »Anklopfzeremonie« eingelassen. Der Zeremonienmeister klopfte an der Klostertür. Der Kapuziner fragte: »*Wer will hier Einlaß?*« Otto von Habsburg wurde mit sämtlichen Titeln und Namen genannt. Der Kapuziner erklärte: »*Der ist uns unbekannt.*« Darauf der Zeremonienmeister: »*Um Einlaß bittet ein sterblicher, sündiger Mensch.*« Der Kapuziner: »*Dann gewähren wir ihm diesen.*«

Otto von Habsburg war auch ein großer Europäer. Er sah Europa nicht nur unter ökonomischen Gesichtspunkten, sondern vor allem als geschichtsphilosophisches Projekt. Er reihte sich ein in Persönlichkeiten wie Immanuel Kant mit seiner Schrift »Zum ewigen Frieden«, 1795. Der Philosoph Vavid Kermani – so umstritten er auch in anderen Bereichen sein mag – brachte es im Oktober 2011 auf den Punkt: »*Europa ist ein Modus, um Unterschiede politisch zu entschärfen, anders als der Nationalstaat.*«

QUELLENNACHWEIS:

Arnold Wolfgang »Erzherzog Johann – sein Leben in Romanen«, Leopold Stocker Verlag

Baptist Johann »Erzherzog von Österreich« in Constantin von Wurzbach: Biographisches Lexikon des Kaiserthums Österreich, 6.Band, Wien 1860

Böck Dr. Franz Rasso, »Kempten im Umbruch: Studien zur Übergangsphase von Reichsabtei und Reichsstaat zur bayerischen Landstadt unter besonderer Berücksichtigung von Kontinuität und Wandel in Verfassung und Verwaltung 1799-1818« Dissertation, Augsburg, AV-Verlag 1989

Brandt Peter »Die Befreiungskriege von 1813-1815 in der deutschen Geschichte«, Digitale Bibliothek, Friedrich Ebert Stiftung

Brenner Helmut »Gehundsteh Herzsoweh, Erzherzog-Lied-Traditionen«, ars styria 1996

Burmeister Karl Heinz, Karlheinz Albrecht, Volksheld oder Verräter? Dr. Anton Schneider, 1777-1820, Finks Verlag 1985

Dorow Wilhelm, »Erlebtes aus den Jahren 1813-20« I 41, II 27 ff

Förster Ferdinand Christoph, »Beiträge zur neueren Kriegsgeschichte II«

Granichstaedten-Czerva Rudolf, »Andreas Hofer und die Innsbrucker Akademiker«

Hirn Ferdinand, »Vorarlbergs Erhebung im Jahre 1809« Bregenz 1909

Kaspar Michael, »Helden des Jahres 1809 in Vorarlberg, Innsbruck 2005

Kirchheimer Otto, »Politische Justiz«, Luchterland, 1965

Klier Heinz, »Der Alpenbund«, Dissertation, Innsbruck, Januar 1950
Linder-Beroud Waltraud »Von der Mündlichkeit zur Schriftlichkeit. Untersuchungen

zur Interpendenz von Individualdichtung und Kollektivlied«, Frankfurt a.M. 1989

Magenstab Hans »Erzherzog Johann – Habsburgs grüner Rebell«
Verlag Styria 4. Auflage 1995

Nachbaur Ulrich »Auswirkungen der bayerischen Reformen von 1806 bis 1814 auf
die Vorarlberger Verwaltungsstrukturen«

Nehm Kay »Zusammenarbeit der Strafverfolgungsorgane in Europa – eine Zwischen-
bilanz – DriZ (Deutsche Richterzeitung) 2000, 355

Niederstätter Alois »Von den »Herrschaften enhalb des Arlbergs« zum Land Vorarlberg«

Nipperdey Thomas »Deutsche Geschichte 1800-1866«,
Bürgerwelt und starker Staat«, München 1983

Radbruch Gustav »Einführung in die Rechtswissenschaft«, 11.Auflage, Stuttgart 1964

Rieder Otto, »Otto Karl August Graf von Reisach-Steinberg,
Oberbayerisches Archiv für vaterländische Geschichte, München 1915

Schmid Alois »Immenstadt und seine Bürger«, Ursus Verlag, 2010

Straßer Hansjörg, »Der Alpenrebell, Dr. Anton Schneider, 1777-1820,
Eine Prozeßgeschichte aus der Zeit Andreas Hofers«,
Verlag für Heimatpflege Kempten im Heimatbund Allgäu e.V., 1987

Straßer Hansjörg, »Probleme im Grenzbereich Staatsanwaltschaft und Polizei«,
Dissertation, Freie Universität Berlin, 1979

Volkert Wilhelm »Handbuch der bayerischen Ämter,
Gemeinden und Gerichten 1799-1980

Wikipedia, Internet

ZUM AUTOR:

Der Autor, Dr. jur. Hansjörg Straßer, wurde am 3.8.1946 in Immenstadt geboren und lebt seit seinem 10. Lebensjahr in Kempten, wo er Vorsitzender Richter am Landgericht war.

1985 erschien sein Buch »Anna Schwegelin – Der letzte Hexenprozeß auf deutschem Boden 1775 in Kempten«, 1987 sein Buch »Der Alpenrebell. Dr. Anton Schneider 1777 1820. Eine Prozeßgeschichte aus der Zeit Andreas Hofers«, beide im ehemaligen Verlag für Heimatpflege Kempten im Heimatbund Allgäu e.V. Der Autor versucht bewußt, »Allgäuer Geschichte« für den »ganz normalen Leser« lesbar und nicht nur historienbefrachtet darzustellen. Dabei bediente er sich bei »Anna Schwegelin« der sozialkriminologischen Theorie des »labeling approach« und beim »Alpenrebell« der Form einer Gerichtsreportage. »Staatsschutzsache: Verschwörung Alpenbund« zeigt einen fiktiven Gerichtsprozeß des Jahres 2040 und spannt einen Zeitbogen zwischen Zukunft und Vergangenheit. Es werden drei Akteure kreiert, der Akteur der Gegenwart ist der Leser, der Akteur in der fiktiven Zukunft 2040 ein Richter Y, die Akteure der Vergangenheit sind die geistigen Urheber der Verschwörung Alpenbund der Jahre 1811/1812/1813.